大展好書 好書大展

大展好書 好書大展

青春天地

32

偵探常識解謎

小毛驢／編譯

大展出版社有限公司
DAH-JAAN PUBLISHING CO., LTD.

序言

各位做過這樣的遊戲嗎？首先畫一個人的頭，再把它遮起來，讓另一個人畫穿上服裝的身體部分。當然，畫者並不知道頭的部分，所以，有時候會出現難得一見的傑作而引起哄堂大笑。

推理遊戲也許和這種遊戲類似。所不同的是玩推理遊戲光憑感覺是行不通的。

我們提供讀者們一個明確的「臉部」，再讓讀者爲這個「臉部」穿戴適合的「服裝」……這就是所謂的推理。

所謂「聞一要知十」，然而對一般人來說這或許是一種苛求，不過，透過本書的訓練將讓讀者習得至少能聞一而知二或知三的推理能力。

小毛驢

目錄

序　言

第一章　偵探解謎

1 珠寶詐欺事件！……一〇
2 走火的槍枝……？……一四
3 被綁架的小雄！……一七
4 被算計的廠長！……二二
5 舞女間諜！……二五
6 是自殺還是他殺？肉販之死！……二九
7 識破假造的不在場證明……三三
8 密室殺人？……三六

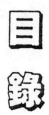

9 瓦斯漏氣事件！……四〇
10 如膠似漆的夫婦竟然吵架了！……四四
11 老太婆的暗號！……四八
12 捕快文七的首次功勞！……五一
13 四個玻璃杯……五四
14 她的謊言……！……五八
15 加油啊！滅火！……六二

第二章　尋找犯人謎解

1 誰是暗殺者……？……六八
2 替身殺人！……七二
3 凶器是什麼……？……七六

4 白色上衣的謎？……八〇
5 可疑！工廠大爆炸！……八四
6 突破偵訊！……八八
7 豆腐之謎？……九二
8 女生宿舍的怪物！……九六
9 誰偷吃了蘋果！……一〇〇
10 化學研究所的間諜！……一〇四
11 兩個彈孔！……一〇八
12 我有哮喘病！……一一二
13 人事課長之死！……一一六
14 高爾夫球場的受傷！……一二〇
15 利用電話做不在場證明！……一二四

第三章　日常常識謎解

1 服裝不整的棒球隊……一二八
2 繩索樓梯之謎？……一三二
3 五角形之謎……！……一三六
4 找出共同點！……一四〇
5 九根原木……一四四
6 這是眞的嗎？……一四七
7 吉雄的問題！……一五〇
8 爬山的山是……？……一五四
9 兩名預言者……一五八
10 那一邊較危險？……一六二
11 惡魔博士的發明！……一六六
12 兩個幫手！……一七〇

13 被蜜蜂叮到的妹妹！……………………一七四
14 冰糖和美枝小姐……………………一七八
15 暈船的推銷員……………………一八二
16 蔬菜謎語！……………………一八六
17 用棋子可做成圓嗎？……………………一九〇
18 地毯上的墨汁……………………一九四
19 家人有幾個？……………………一九八
20 那一個較快？……………………二〇一

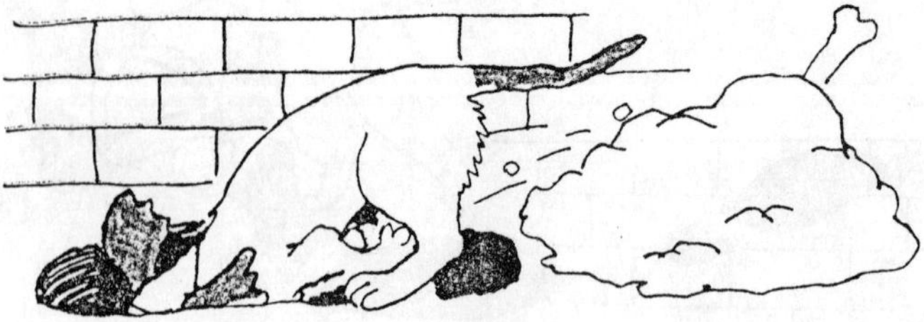

第 1 章
偵探解謎

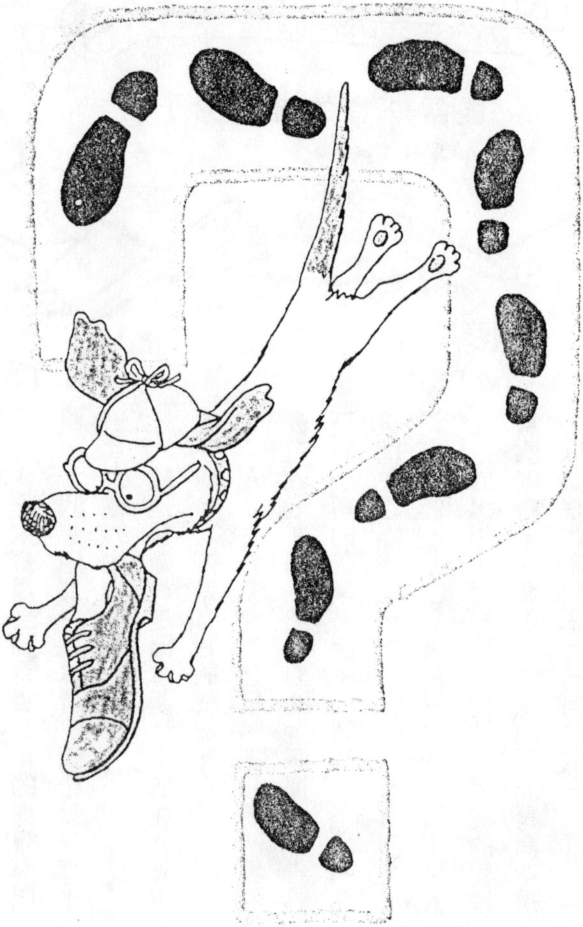

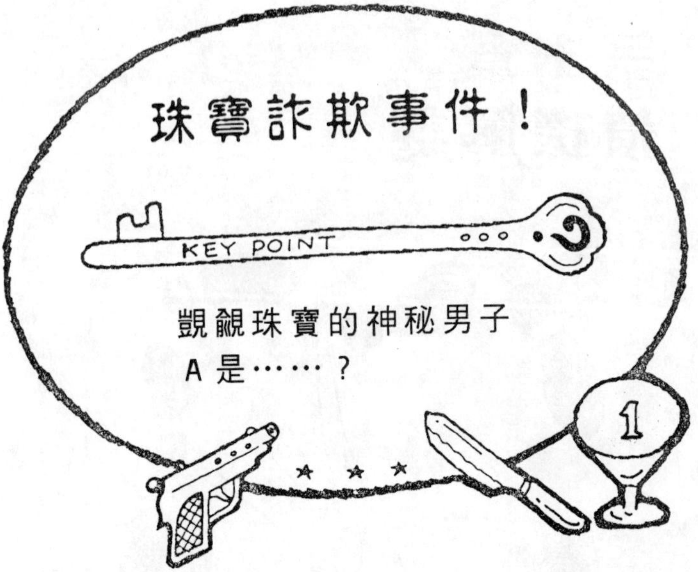
珠寶詐欺事件！
KEY POINT
覬覦珠寶的神秘男子
A是……？
1

A先生打電話到百貨公司的珠寶部門說：「我想購買一些珠寶，請帶幾件樣本到我大廈的住處來。」

於是營業員趕緊拿著樣本前往A先生的住處。次圖是當時的情況。

A先生看完樣本之後，把想要購買的寶石收藏在同一間房間的金庫裡後，告訴百貨公司的營業員說：「請等一下。」然後消失在隔壁的房間。

但是，那位營業員等候許久卻不見A先生的出現，而覺得可疑地向大廈的管理員詢問時，才發現A先生的房間是間空房，同時根本不知道A是何許人。

營業員大爲驚慌，但是，隨即又想到

：「寶石不是放在金庫裡嗎！眞是的，故弄玄虛的搗蛋鬼。」而大爲放心。

然而，營業員眞的可以放心嗎？

答 1

寶石並沒有在金庫裡頭，理由如圖所示……。這麼一想，管理員也有點可疑。說不定他和A是同伙的吧。

金庫

金庫有地面型金庫、手提型金庫、夜間金庫、出租金庫等。

也有在四週都是鋼板補強的鋼筋水泥牆的個室安裝堅固的金庫門而構成的巨型金庫。

一般所使用的是放置型金庫，它可以放置在室內的任何角落。

金庫的本體及門是由耐火斷熱材質鋼板所製成，門上裝有複雜的鎖以防竊盜。

所謂夜間金庫在銀行等處經常可見。外部呈郵筒的投入口狀，是提供銀行客戶營業時間外進行存款的業務。不過，東西一旦投入之後便無法從外部取出，因爲，其結構是，所保管的東西必須打開安裝在內側的金庫門才能取出。

同時，也有較爲輕便的手提型金庫。這也是由鋼板所製成，不過似乎毫無防火功用。

另外，由於體型較小容易攜帶，所以並沒有防盜效果。

走火的槍枝……？

只能說是上天作弄人的災難！

S是狩獵狂。今天從中午開始就待在客房整理好幾把槍。

然而不幸的是其中裝有子彈的一把槍卻因爲某個原因而走火。

S當場胸口中彈身死。現場的情況如圖所示。那麼，走火的槍到底是那一把？其原因又爲何？

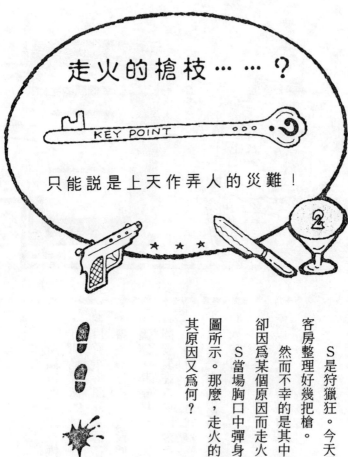

第一章　偵探解謎

答2

是放在櫃子上的那把槍走火。因爲，刮鬍刀用的鏡子接受太陽光線形成焦距鏡頭的效果。從鏡子反射出來的光線使槍枝上的彈夾發熱而走火。

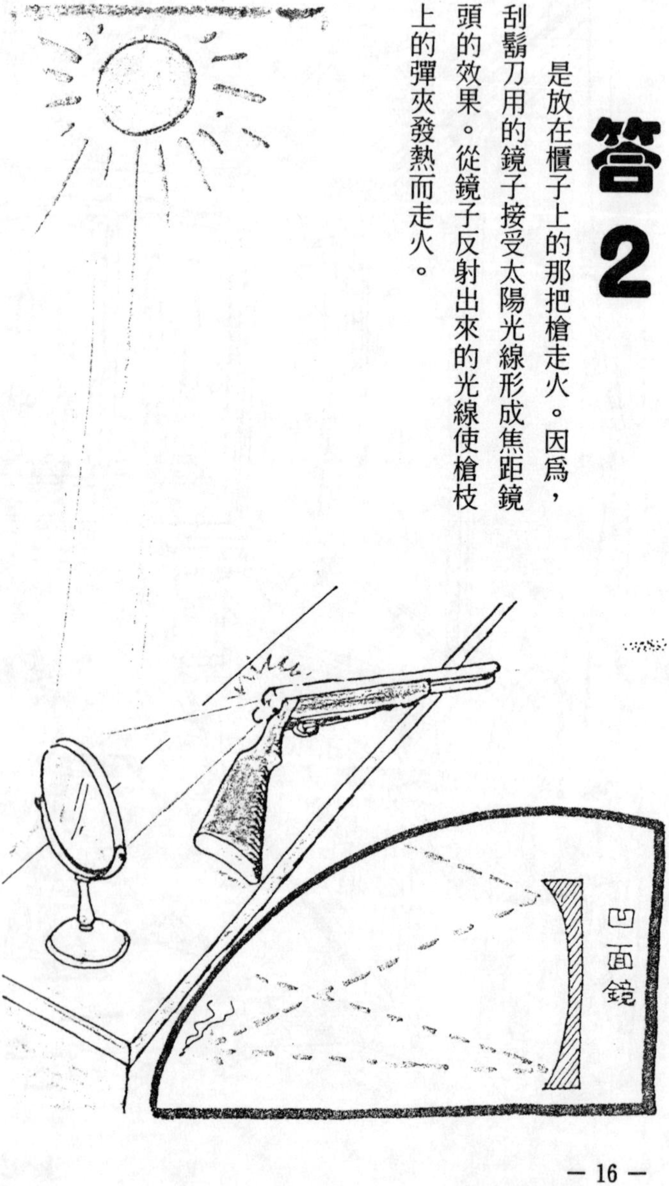

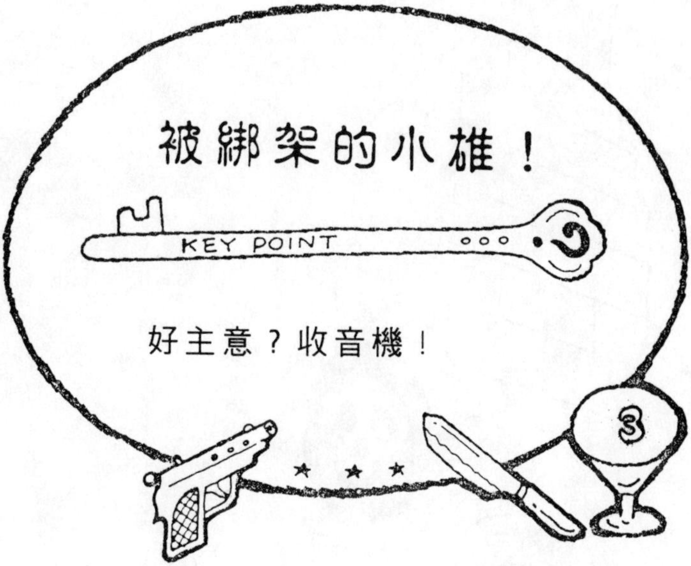
被綁架的小雄！
KEY POINT
好主意？收音機！
3

小雄的父親是某公司的董事長，而且家財萬貫。

有一天，某暴力組織覬覦小雄家的財產而巧妙地將小雄綁架。

小雄被關在該暴力組織所在的大廈地下室。地下室外有一個愚蠢的守衛看守，經常打瞌睡。

因此，聰明的小雄想到一個好主意。

小雄告訴守衛說：「對不起，請借我一台收音機，我想聽我經常聽的節目。」守衛不疑有他，便借給他一台收音機。

於是，小雄利用這台收音機安然地從地下室脫逃而出。那麼，這個方法是什麼？

答3

他把無線電收音機的天線拉長勾起掛在牆壁上的鑰匙，打開鎖脫逃而出。當然，這個過程，是在那位愚蠢的守衛正在打瞌睡時進行的。

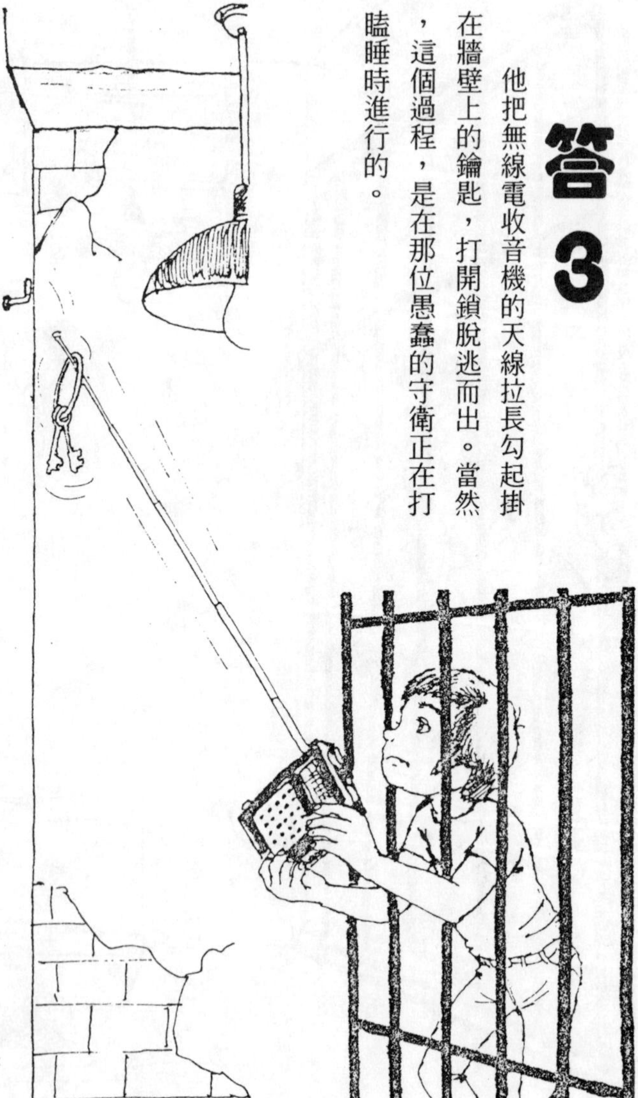

天線

天線具有昆蟲觸角的功能。

它是一種可收發電波的裝置。最早的天線只是在天空中繞一圈金屬線而已，所以，也被稱爲空中線。

天線又分指向性和無指向性兩種。指向性的天線是對某一個方向做強烈的放射或吸收電波的作用，而無指向性則是可對四面八方做放射或吸收電波的作用。

長中波用的天線有T型、逆L型、垂直型等，幾乎都是由金屬線所製成。

至於短波用的天線，則不但有金屬線也有利用木棒。

FM等超短波用的天線所使用的是增大垂直方向的動向天線。

天線是根據使用電波的不同而分類。收音機廣播等使用的是塔型、電視送信用的是使用拋物線狀的超大型電波望眼鏡、電視轉播則使用碟型天線。

但是，同樣是碟型天線，也可以收發極超短波，是運用在天文觀測上。

屋頂上接收電視訊號的天線是屬於超短波天線。

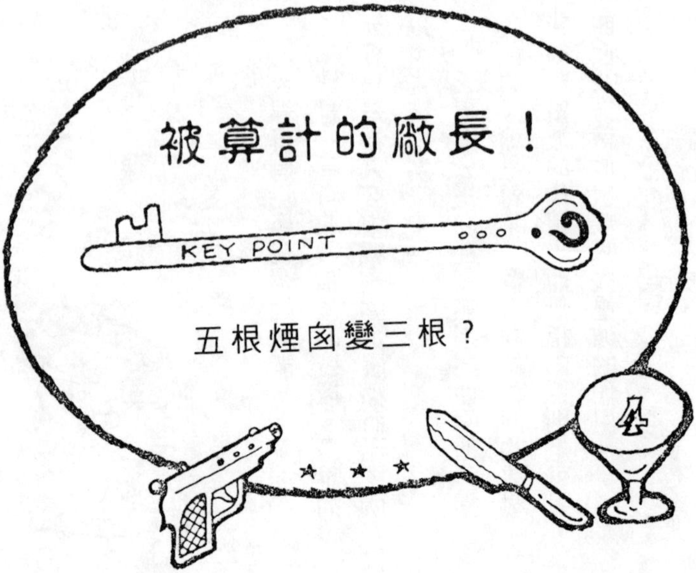
被算計的廠長！
KEY POINT
五根煙囪變三根？
4

P工廠的註册商標是從城鎮的任何角度都可看見的巨大且高的五根煙囪。

同時，工作熱心的廠長更是爲人所樂道。有一天，那位廠長接到恐嚇電話。以下是那位男子和廠長之間的對話：

※　※　※

男子：「我是因爲你才被炒魷魚的人，今天你回家的時候我將用槍把你殺死。」

廠長：「笑話！不要不識好歹！你打算從那裡殺我？」

男子：「嘿嘿嘿……我可不告訴你。不過，給你一個暗示吧。從這裡可看見三根煙囪。」

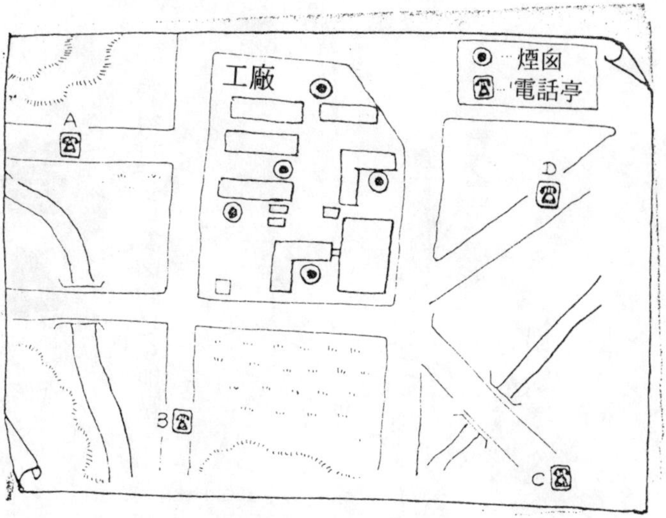

※　※　※

結果，這個男子被人發現其隱密的場所而遭受逮捕。

那麼，這名男子所躲匿的地點是A、B、C、D的那一個位置呢？

答4

看得見三根煙囪的是C地點。

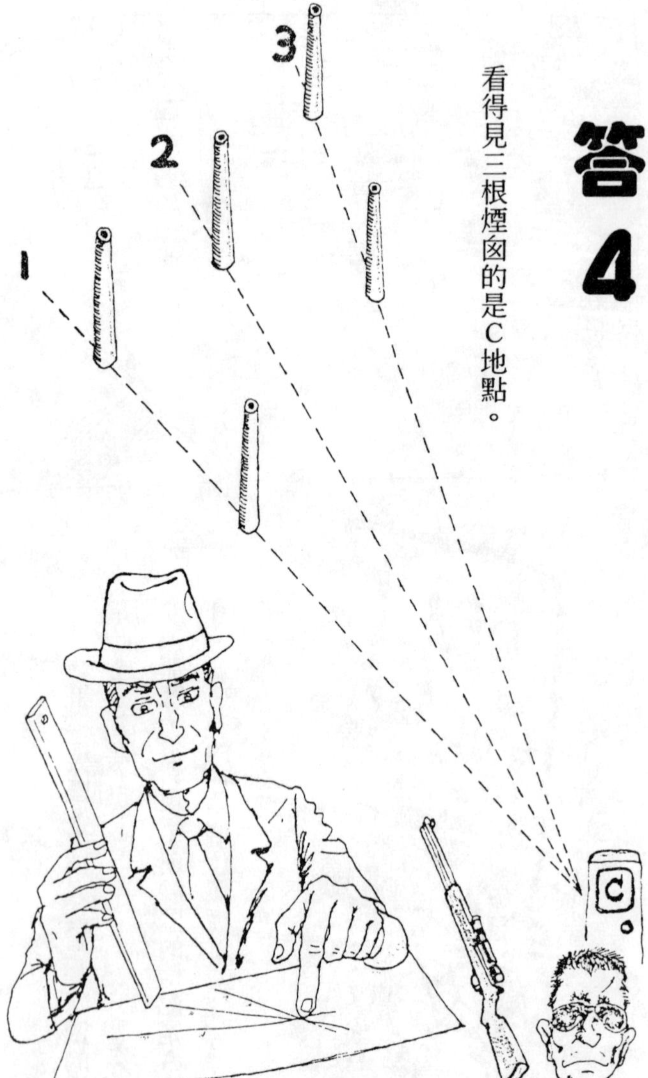

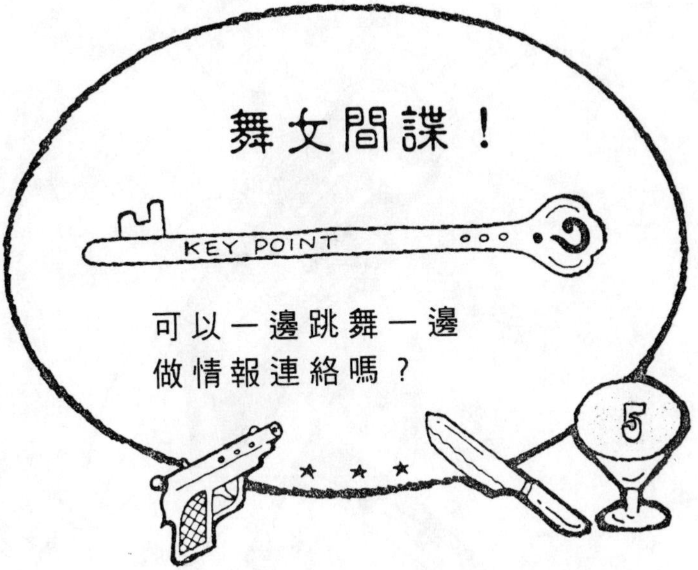
舞女間諜！
KEY POINT
5
可以一邊跳舞一邊
做情報連絡嗎？

美麗的羅斯小姐是位舞女，每天晚上在觀衆面前跳踢躂舞，而事實上她是G國間諜組織的連絡人，最近似乎被敵國的間諜鎖定目標。

但是，今天有一件非常重大的事情必須向前來酒吧的同伴間諜連絡。

換言之，羅斯小姐雖被敵人所監視卻無論如何必須向同伴連絡。

那麼，羅斯小姐是如何連絡呢？

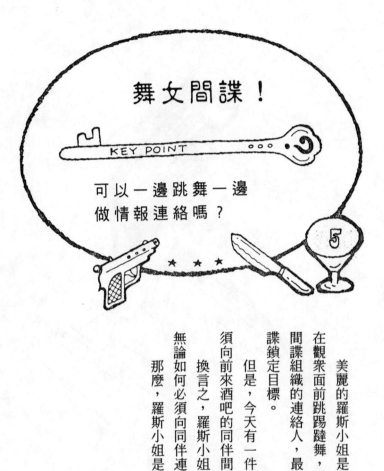

第一章　偵探解謎

答5

只要利用踢躂舞的舞步打出摩爾斯電碼的訊號。

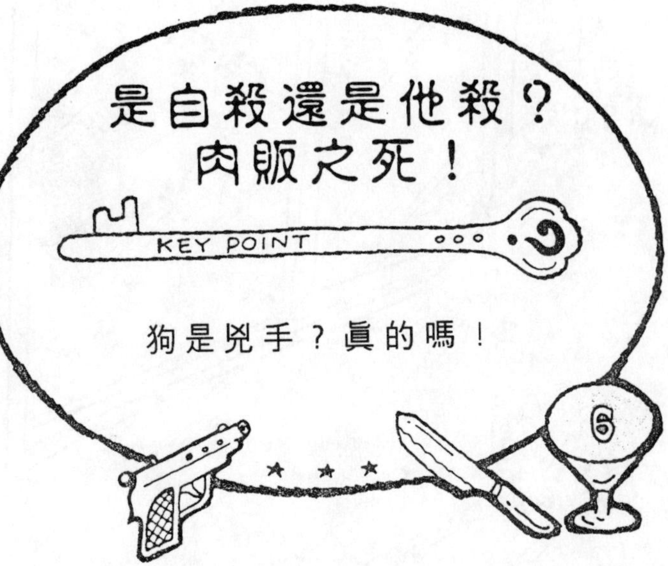
是自殺還是他殺？
肉販之死！
KEY POINT
狗是兇手？眞的嗎！

今天早上肉販D被人發現在獨居的自宅裡中槍死亡。

雖然死因是中槍而亡，不過，令警方感到疑惑的是那把槍是在狗窩的前面。

從周遭的狀況看來可能是自殺。但是，卻無法說明手槍何以放在門外。刑警在死者死亡後調查三天，並仔細地觀察狗的狀態後說：

「這是自殺，而且這位D先生未免太會耍花招了。」

那麼，刑警何以推斷D是自殺呢？

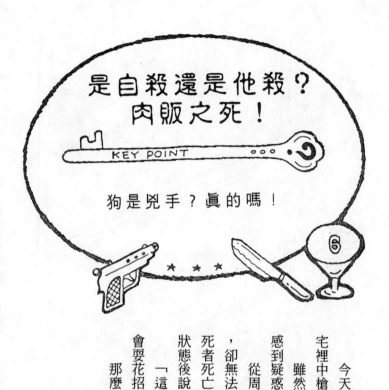

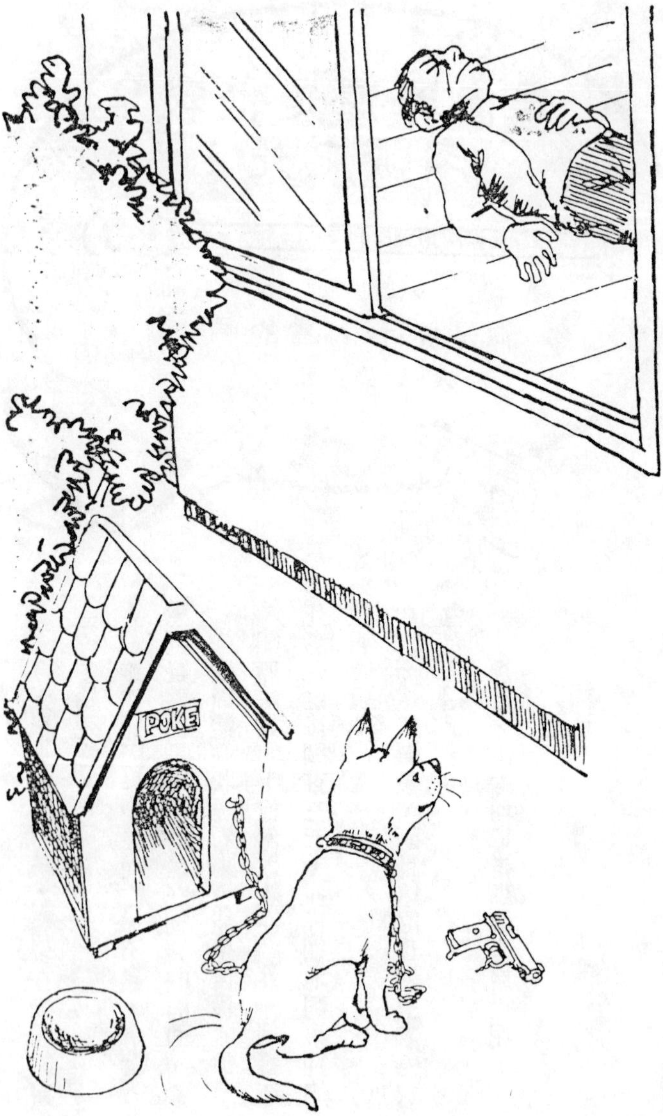
POKE

答6

D先生在手槍上綁一根香腸然後開槍自殺。

D自殺後，所飼養的狗拉咬那根香腸吃的結果，手槍自然就落在狗屋之前。

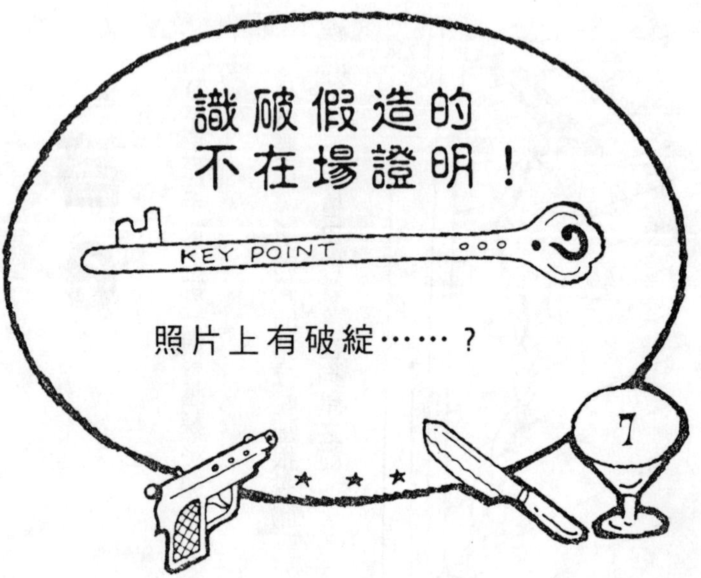
識破假造的
不在場證明！
KEY POINT
照片上有破綻……？
7

實業家O先生被認爲是某凶殺案的重要嫌疑犯。

於是，刑警立即造訪O的公司，以下是當時的談話：

刑警：「你說發生凶殺案的當天你有不在場證明？」

O：「是的，請看這張照片。當天碰巧我的親戚來拜訪。這是我和他在P國大使館前所拍攝的照片，由此可證明當天我根本不在這裡。」

※　※　※

刑警看了那張照片後突想到某事。「那一天正好是P國的總統突然死亡……」

從結論而言，刑警已經看穿這張照片

並非當天所拍攝的，其原因何在？

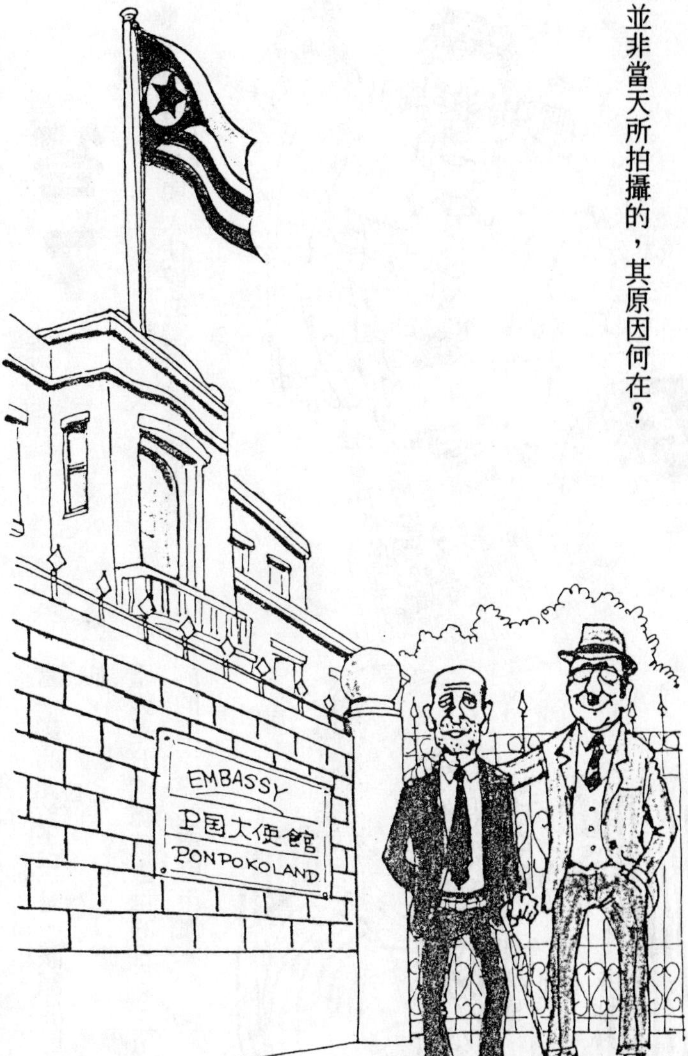
EMBASSY
P国大使館
PONPOKOLAND

答7

因爲，P國大使館的國旗沒有降半旗。

當一國的元首去世時，該國的國旗會降半旗。

這天是P國總統去世的日子，所以，大使館的國旗應該要降半旗。

第一章　偵探解謎

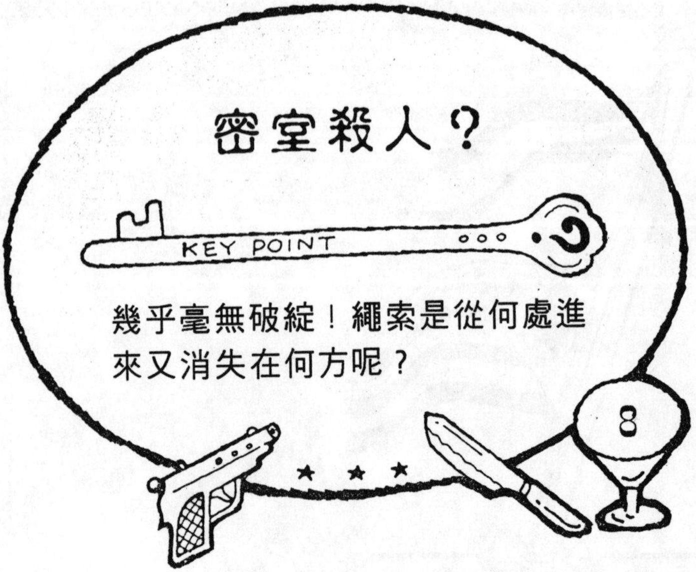
密室殺人？
KEY POINT
幾乎毫無破綻！繩索是從何處進來又消失在何方呢？
8

F是S國的間諜，由於身份已被敵方視破，生命受到威脅。

終於，有一天F在自己的房間被人殺害。屍體位於打開的窗戶旁邊，死因是被繩索勒住脖子窒息而亡。但是，房間並沒有他人進出的跡象。

不過，窗戶卻留有一個可以讓頭部出入程度的開口。

而且，F所住的房間是位於八樓大廈的第五樓。

那麼，間諜組織是如何殺害F呢？

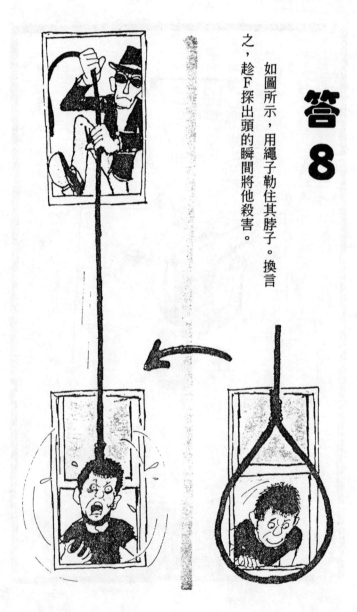

答8

如圖所示，用繩子勒住其脖子。換言之，趁F探出頭的瞬間將他殺害。

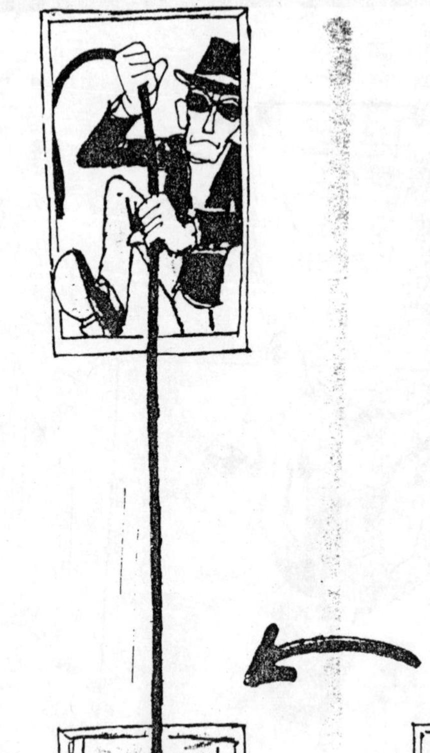

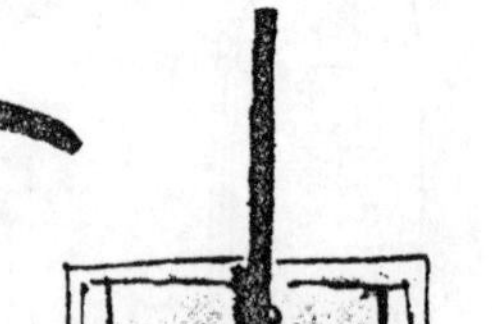

絞殺

被絞殺的屍體必定在其頸項留下勒痕，不論用細繩、皮帶、繩索、電話線或電器的電線，甚至細小卻強而有力的鐵絲，都會留下勒後的痕跡。而死者的臉部會變成紫色。

眼睛或嘴巴周圍的皮膚會出現溢血點。尤其是喉頭的黏膜上若有溢血點時，毫無疑問的就可判定是絞殺。

臉部之所以溢血，乃是被絞殺時位於皮下的靜脈遭受壓迫致使血流阻塞。然而壓力高的動脈位於皮下深處，並沒有直接受到壓迫的緣故。

用手指勒死他人稱爲扼殺，絞死的狀態未必是他殺，但是，如果是扼殺的狀態毫無疑問地可判定是他殺的狀態。

雖然同樣都是脖子被勒住而亡，縊死（上吊）則幾乎都是自殺。縊死的屍體特徵是由於流通到腦部的動脈受到壓迫，在眼睛附近幾乎沒有縊血點。

由於腦部陷入缺氧狀態，失去神智再死亡的瞬間，手腳會產生痙攣。

瓦斯漏氣事件！

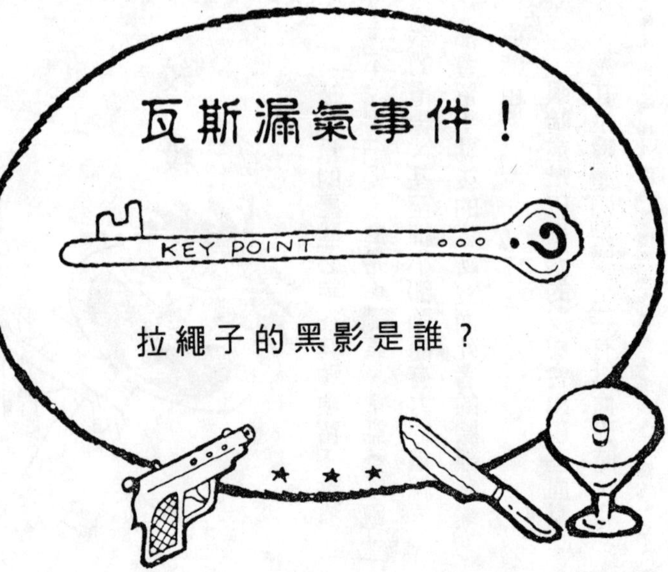

拉繩子的黑影是誰？

武郎的家鬧得滿城風雨，因爲，廚房的瓦斯漏氣全家人差一點瓦斯中毒。

不知是忘了關瓦斯或是有人懷恨武郎一家人，而暗中打開瓦斯的開關？由於不明究裡，鬧得不可開交。

就在這個時候，出現了一名有力的目擊者。

那是住在鄰居的老太太，她說她看見廚房的門稍有開啓，同時在那裡有一條黑繩子。

換言之，也許有人用黑繩子綁在瓦斯開關上，從外面打開開關。由於老太太的證言，使得這個疑點漸漸增強。

但是，看過廚房景況的武郎卻哈哈大

笑。因爲，廚櫃上的沙糖罐子翻倒了，看見這個景況的武郎判定瓦斯漏氣事件是忘了關掉開關所造成的。那麼，其原因是……？

答9

黑繩子事實上是廚房外潛入的螞蟻集團往掉落在地的砂糖處聚集所造成的。

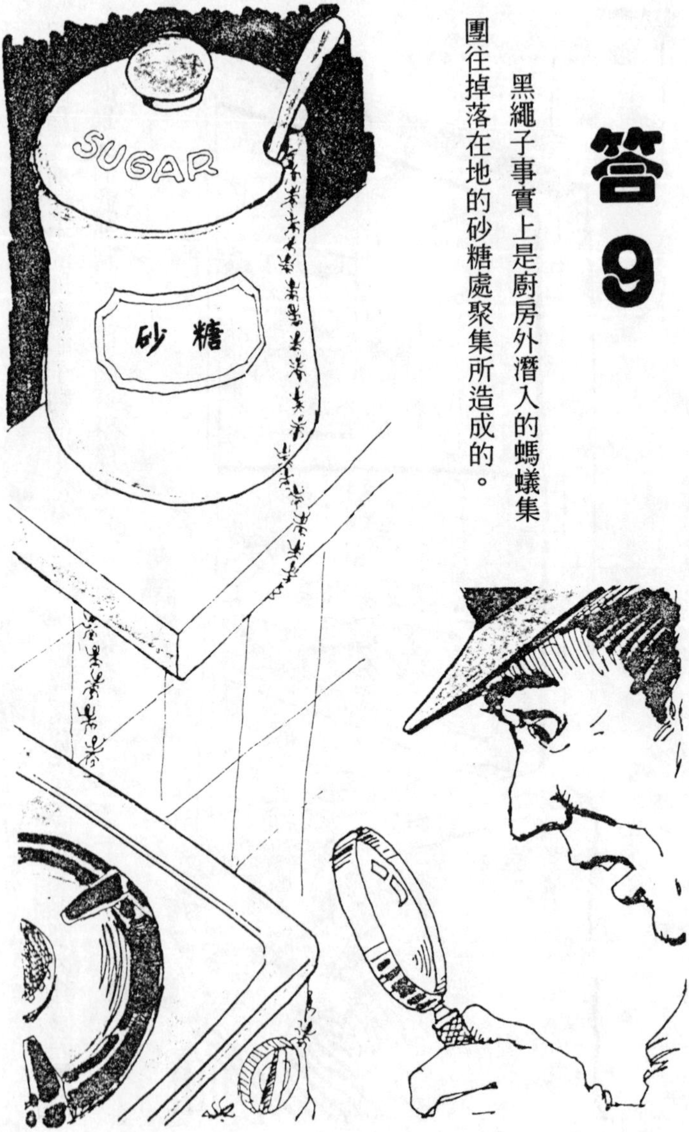

螞蟻

螞蟻和蜜蜂的血緣非常接近，螞蟻大約有上百種。

螞蟻以一隻女王蟻爲中心，聚集著許多工蟻、雄蟻，其生態活動和蜜蜂完全一樣。

女王蟻到了夏天會長翅膀，從巢窩裡飛出。而又稱爲羽蟻的雄蟻則尾隨在後於空中交尾。雄蟻交尾後隨即死亡，但是，女王蟻則翅膀脫落產下許多卵。

照顧女王蟻產下的卵並到處收集食糧的是工蟻。

工蟻雖然和女王蟻一樣都是雌蟻，但是，因爲生長時所接受的營養不同並無法產卵。

同時，有些種類的螞蟻除工蟻之外還有頭部較大、下巴極爲發達的兵蟻。兵蟻也是雌蟻，主要的工作是和其他種族作戰。

以一隻女王蟻爲中心聚集在一起的螞蟻一族，最多可高達四萬隻螞蟻。據說在這樣的大家族裡，螞蟻所住的巢窩也深具規模，有複雜的坑道及房間的巢穴，據說深達地下六公尺。

如膠似漆的夫婦竟然吵架了！

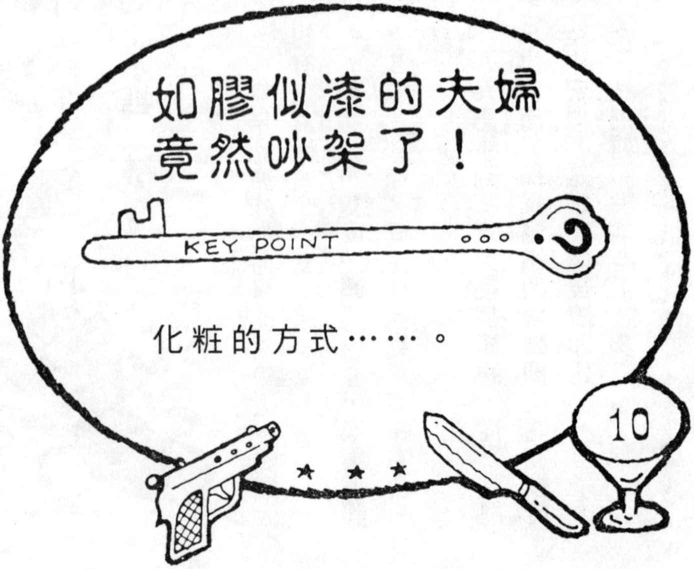

竹青和文枝是新婚燕爾。但是，今天竹青從公司回到家竟然和文枝吵了起來。

竹青：「到底在幹什麼！從公司打電話回來也不接……」

文枝：「我在家啊！只是，卻沒辦法接電話！」

竹青：「騙人！那有無法接電話的道理。在這麼小的家裡……。哈哈哈，難道是上廁所。」

文枝：「不是？」

文枝說著把竹青帶到鏡子的前面，賭氣地說：

「正在化粧所以沒辦法接電話？」但是，竹青還是不知道文枝不去聽電話的原因。你知道爲什麼嗎？

答10

文枝正好做敷臉美容，所以當然無法接電話囉。

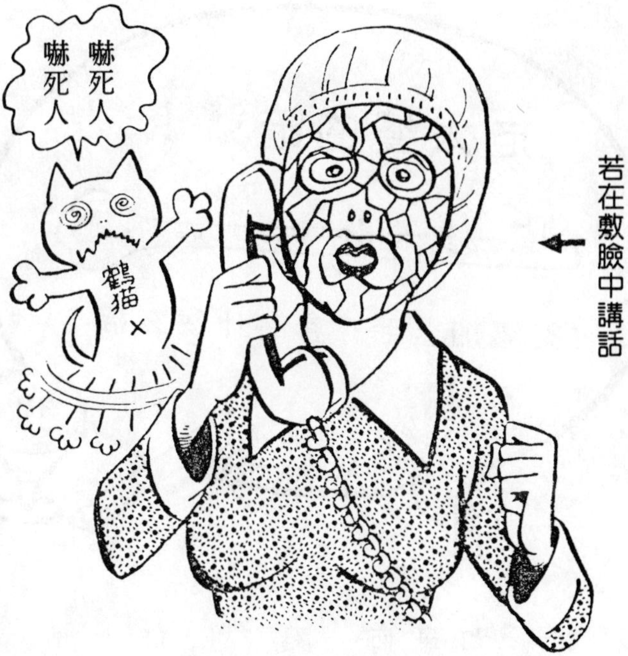
嚇死人
嚇死人
鶴猫×
若在敷臉中講話

若在敷臉中保持安靜

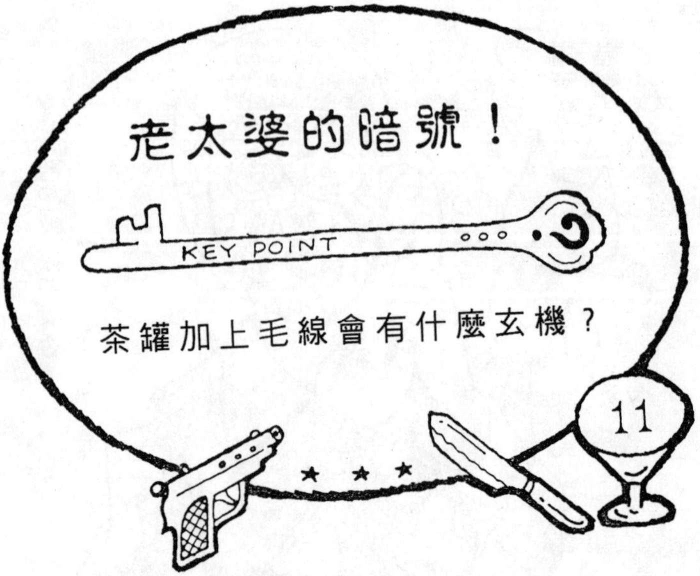
老太婆的暗號！
KEY POINT
茶罐加上毛線會有什麼玄機？
11

鄉下出身的太郎兵衛拼命的工作，因此，成爲地方上一數二的富翁。

太郎兵衛有位祖母，因自認爲身體還可以勞動而一個人住在鄉下。

有一天，一名男人到太郎兵衛的店裡，告訴太郎說：「我是你祖母的差使，請給我一百兩。」

那名男人的確拿著祖母親手寫的信，而且，也沒有其他可疑的地方。但是，祖母託他帶來的禮物竟然是一團白色毛線球和裝著茶的茶罐。

太郎兵衛接到這些東西時覺得有些可疑。他心想其中也許含著什麼玄機。

果然不出所料。

原來那一團白色毛球和茶罐是祖母的暗號。

祖母被監禁並被迫寫下那封信。

由於太郎兵衛的靈感而把祖母拯救出來。

那麼，祖母的暗號是怎麼做的。

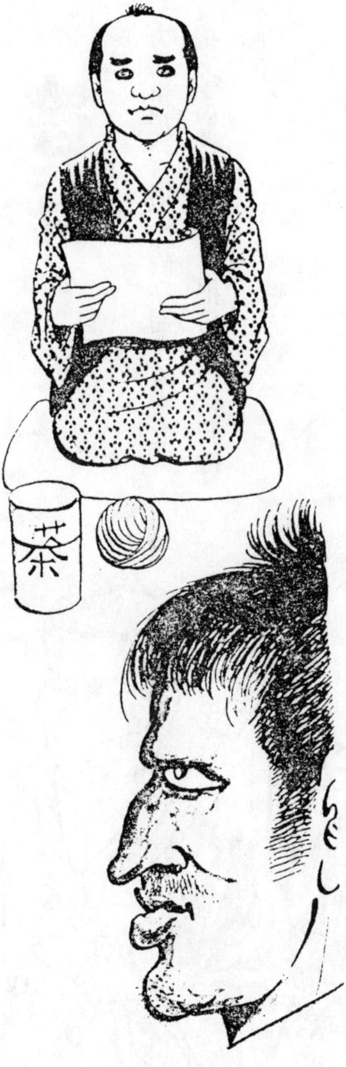

答11

方法是把白色棉線依序捆在茶罐上，然後把文字寫在上面，再把白棉線鬆開捲成一團。

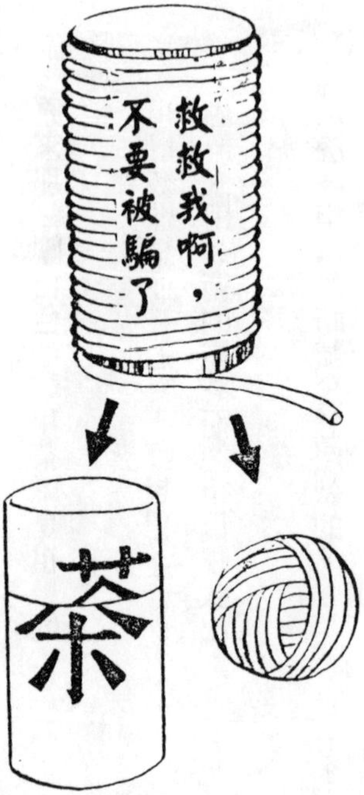

捕快文七的首次功勞

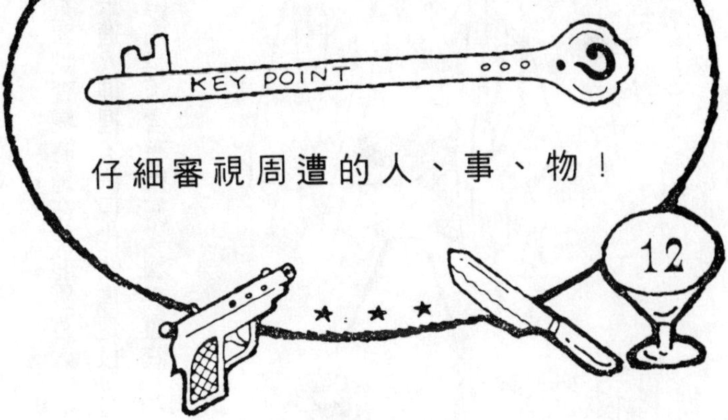
KEY POINT
仔細審視周遭的人、事、物！
12

雜貨批發商佐太郎在深夜因用火不慎釀成火災被火燒死。

文七捕快接到報案趕緊到現場勘察。這是文七上任以來的第一次出任務。

文七仔細地看過現場後覺得頗有可疑。他心想：

「這具屍體雖然全身灼傷，但卻不像是因爲火災身亡的，似乎是被人殺死之後再丟進火場裡……」

那麼，文七之所以做這個推理的原因何在？

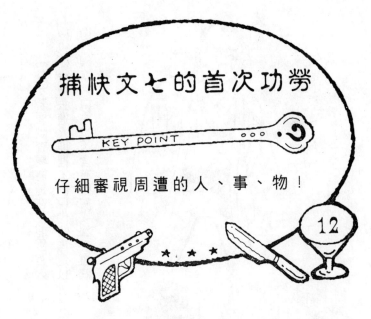

〔註〕若要調查屍體是在生前置身火中或死後被丟進火堆裡，依現代的鑑定技術可觀察其口內是否含有炭灰或調查血液中的血色素。不過，在古代並不知道運用這個方法……

答12

首先令人覺得可疑的是佐太郎的屍體是呈仰躺狀。

即使因逃亡未遂而被燒死也會爲了躲避濃煙而趴著。而且，被壓在佐太郎身體下的紙門及瓦礫的燒毀狀態和死屍不同。

因此，文七推斷是：「兇手是在戶外將佐太郎殺害後，到其家中放火，然後再把屍體丟進火堆。」

四個玻璃杯

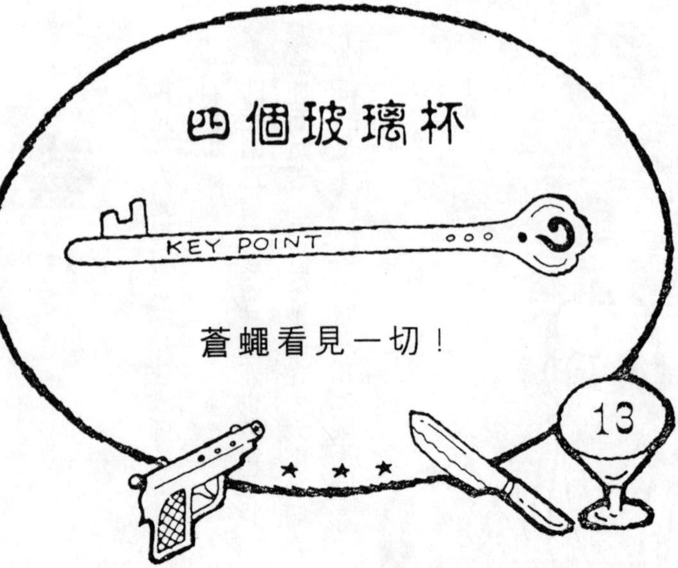

蒼蠅看見一切！

一個炎熱夏天的午後，在一條暗巷內的污穢房間，專門向人通風報信的小三被殺了。

小三的房間中央有一張小桌子，桌子的正中央有一盤料理，料理的四角各有一個玻璃杯。

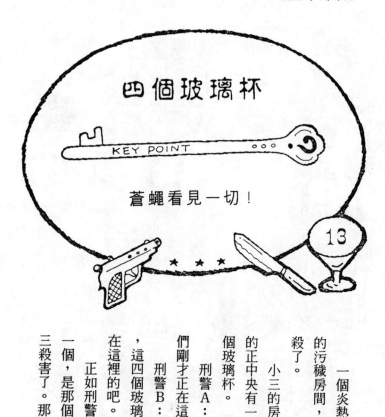

刑警A：「嗯，有三個客人，也許他們剛才正在這裡喝酒呢。」

刑警B：「不，也許客人不是三個喔，這四個玻璃杯並不是爲了招待客人而擺在這裡的吧。」

正如刑警B的推測，事實上客人只有一個，是那個客人和小三發生爭執而把小三殺害了。那麼，這四個玻璃杯是做何用

處呢……？

答13

四個玻璃杯並不是爲三個客人擺的，而是用報紙覆蓋在料理盤上時，爲了怕料理碰觸到料理所做的支撐。

爲何要蓋報紙？你瞧，蒼蠅四處亂飛呢。

蒼蠅

蒼蠅和蚊子、虻、蚋是同類，蒼蠅的種類繁多，譬如，血蠅、蝶蠅、家蠅、肉蠅、吸血蠅……其中尤以吸血性蠅被認爲是昏睡病的媒介，最令人傷腦筋。

但是，不僅是吸血蠅，幾乎所有的蒼蠅幾乎都喜愛棲息在排泄物的周圍，攜帶病源菌到處亂飛。有時還會把其進食的食物再吐出來沾染在他物上，而帶來了傳染病。

因爲蒼蠅的媒介而傳染的傳染病有傷寒、霍亂、赤痢、小兒麻痺等。

同時，如果蒼蠅寄生在傷口等處時，會產生稱爲蠅蛆病的怪病。

蒼蠅的嘴並沒有大下巴，很適合舔食物。

而其嘴形也只有小下巴和下嘴唇的狀態。

嘴的前端展開成帶狀，有像牙齒的突起物。

因此，蒼蠅也具備啃碎食物的能力。

蒼蠅一般是產卵，不過，有些蒼蠅會直接產幼蟲。

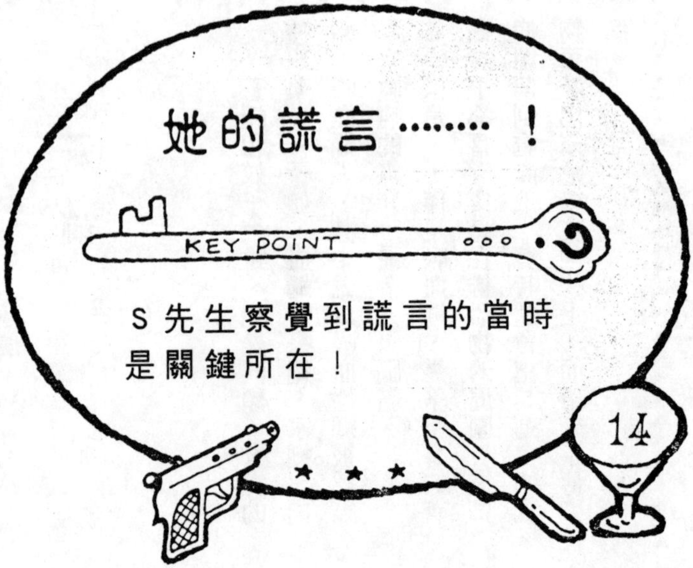
她的謊言……！
KEY POINT
S先生察覺到謊言的當時是關鍵所在！
14

S先生和P小姐是一對情侶，今天他們二人約定在某處見面。

但是，S先生因工作的關係遲到了一小時，P小姐大發雷霆。

「你竟然讓我在這麼大熱天下，枯等了一個鐘頭喔！」

「對不起、對不起！」

因爲如此，S先生被迫買了許多禮物給P小姐。

芳心大悅的P小姐把拿在手上的巧克力分一半給S先生。

當二人一邊吃著巧克力一邊散步時，S先生突然發覺「P小姐說在豔陽高照下等候一個鐘頭是騙人的。」

那麼，S先生如何發現這個謊言呢？另外，P小姐所帶的東西如圖所示。

答14

當吃著P小姐從胸口袋掏出的巧克力時發現了謊言。如果在燠熱的太陽下等候

一個鐘頭，巧克力一定變得軟綿綿。

那麼，S先生是否對P小姐的謊言大爲發怒呢……？不，他們二人是情侶。

巧克力

巧克力是把可可亞的果肉加熱，加上砂糖等煉製而成的。

在十七世紀左右，巧克力也是一種飲料，倫敦還有「巧克力商店」。

到了十九世紀末才出現現在的巧克力，首先是由瑞士的糕餅店製成板狀的巧克力。

巧克力的形狀有各式各樣，像片狀、液狀，還有衆所周知的布丁巧克力。

所謂布丁巧克力，是把可可亞豆做成可可亞糊再給予冷卻而製成。

另外，「SWEET.CHOCOLATE」是在可可亞糊上攙雜可可亞奶油或砂糖等，花七十個鐘頭煉製而成。

至於板狀巧克力則是把可可亞糊倒在板狀模型裡使其凝固而成。

另外，也有添加核桃或洋酒、果凍而成的各種巧克力。

15 加油啊！滅火！

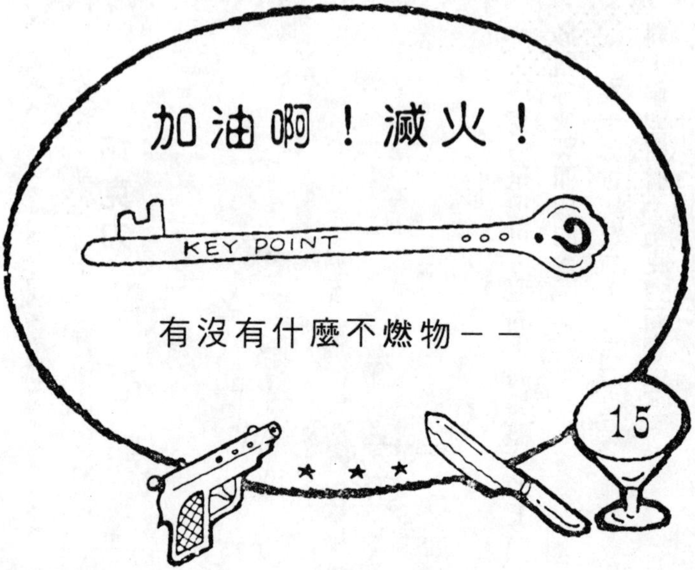

有沒有什麼不燃物——

「火災和打架是江戶之花」，從這個俗語就可以察覺日本的江戶（舊東京）的火災何其多。

味噌、醬油的批發商的大黑屋著火了。從主屋燃起的火在風勢的煽動下，從倉庫的窗口正要蔓延到倉庫裡。

「快來人啊！趕快堵住將要蔓延到倉庫的火勢！倉庫裡有帳簿和傳家之寶啊。」

但是，並沒有適當的物品可以制止倉庫窗口的火勢，令大家乾焦急不已。

就在這個時候，趕來援助的消防隊想到一個巧妙的主意，而把倉庫的窗口蓋住了。因此，才避免火勢蔓延到倉庫裡。

那麼，這個主意是什麼……？

答 15

用味噌塗在倉庫的窗上堵住窗口。大黑屋是味噌的批發商，有許多足以運用的味噌。

味噌

味噌和醬油一樣是日本代表性的調味料之一，因此，味噌有許多品種。譬如，原料上就可分爲米製、麥製和豆製等三類。

同時，也可因味噌的顏色做區分。白味噌是麴子的分量比大豆多。如果麴子和大豆同量時顏色會變成蛋白，稱爲相白味噌。

另外，還有一種叫做「紅味噌」的味噌，這也是利用麴、大豆的量的差別而調製成的紅味噌。

白味噌具有甜味，風味獨特，是京都方面經常使用的味噌。而相白味噌則成爲信州味噌的特長。

至於紅味噌還可分爲江戶味噌、仙台味噌、八丁味噌及鄉下味噌等多種，是辣味較強的味噌。

使用味噌的料理以味噌湯爲代表。除此之外，白味噌經常使用於涼拌、火鍋、燒烤、醃醬菜等。

味噌是很容易發黴的食品，但是，並不具毒性。只要去除上頭的黴菌，仍然可食用。

第 2 章
尋找犯人解謎

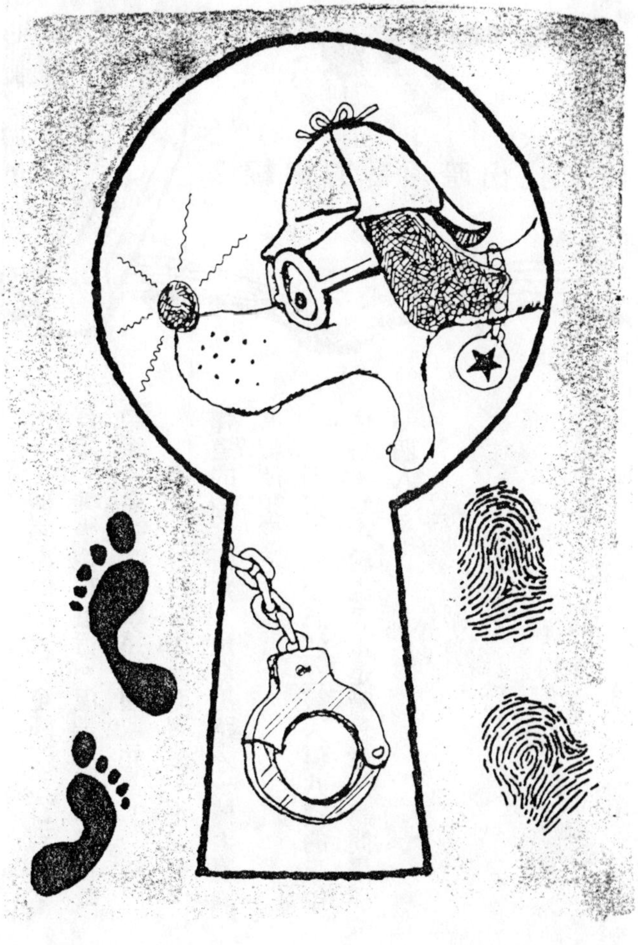

一個寒冷的冬天，Q國的元首到日本拜訪，乘坐禮車遊行。但是，間諜組織暗中派一名殺手狙擊這位國家元首。

幸好元首沒有因此而喪命，不過，從彈道的角度研判，是從馬路旁一棟大廈的八樓所狙擊。

刑警立即偵訊住在該大廈八樓的三位住民。當中說謊者正是暗殺者。請問是那一個人？

我才從醫院
回到家裡而已
男
A
我和家人出外旅行一個星期……。現在才回到這裡
男
B
怎麼可能……
我患感冒連窗戶也沒開呀！
男
C

答1

B的男人說謊。如果出外旅行一個禮拜，在門窗緊閉的室內，洋蘭必定枯萎。
兇手是B。

洋蘭

洋蘭中最著名的是紫蘭、加德利亞蘭。它們都是高貴而美麗的花，自古即有人工栽培。

紫蘭的原產地是日本與中國。日本主要生長於本州的中部、南部的山區。紫蘭的種類在全世界中僅有數種，其中有華麗的白花種、斑點花種。

紫蘭是由多年草的鱗莖繁殖，莖高達三十～七十公分左右。葉子多半呈橢圓形而葉端呈稜形。

到了五、六月左右會開紅紫色的大花。

加德利亞蘭也是多年草，原產地在美國，目前在世界各地都有栽培。花名是取自英國的愛蘭家—加德利亞。

花大約有三～十八公分，在洋蘭中和紫蘭同屬上乘的名花。

莖高約三十公分，上下細中間粗，葉後具有光澤，三～四年也不凋謝。

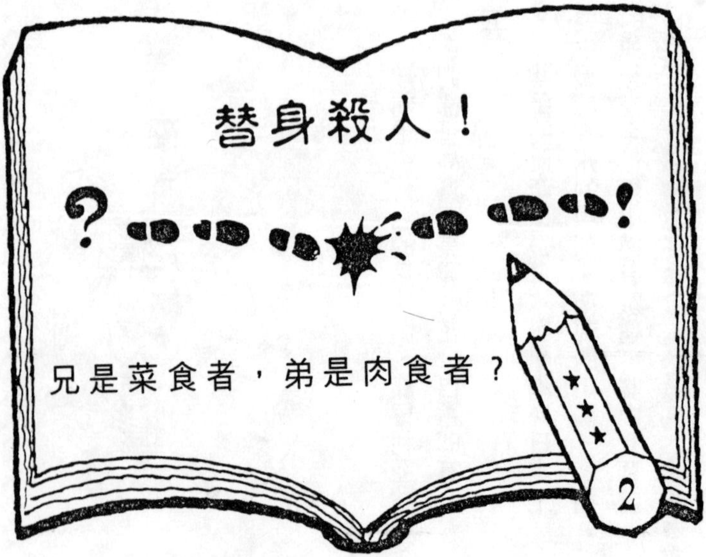

P是菜食主義者，非常討厭吃肉。換言之，每天三餐只吃青菜。

但是，P有一個孿生弟叫做Q，Q和P長得一模一樣。在他人眼中根本分不清楚。

於是，Q利用這一點爲自己投下鉅額的壽險，然後殺害親兄P佯裝自己死亡。

當然，鉅額的保險費是由喬裝P的Q所獲得。

但是，這件傷天害理的事情卻因爲某件事而讓警方察覺，隨即將Q逮捕。那麼，請推測一下其中的原因。

答2

被佯裝是Q的P，其遺體進行解剖後，在胃袋裡發現全都是青菜，因爲，Q並非菜食主義者……。

菜食主義

飲食一概不吃肉而全吃青菜的人稱爲菜食主義者。自古以來，菜食主義有醫學和宗教之別。醫學上的菜食主義是對肉食的否定，希臘、羅馬時代的畢達哥拉斯（數學家）或柏拉圖、塞尼加（哲學家）也是菜食主義者。

到了近代，法國的哲學家盧梭、畫家米蘭等也否定肉食。

一八七八年在巴黎召開菜食主義博覽會，一八八六年成立菜食協會，當時的領導者是法國一名稱爲卡雷傑的學者。著作『戰爭與和平』的名作家托爾斯泰也是菜食主義者。他基於和平的立場認爲人若殺害動物進食會產生兇暴性、喜好鬥爭。日本則以江戶時代的貝原益軒爲著名的菜食主義者。

菜食在醫學上的利點是可保持血液中的鹼性，有助於疾病的預防。

但是，相反地會造成鈣質、蛋白質的不足，也會缺乏動物性食品中所含有的維他命A等，因此菜食與肉食各有長短，很難論斷孰優孰劣。

另外，在宗教就是禁止殺生。在日本的奈良時代，不僅是和尚，連一般人民也曾經禁止肉食。

凶器是什麼……？
像棒子又不是棒子的
東西是什麼？
3

N老先生是學生宿舍的管理員，平日處事嚴格，因此，學生中有人對這位老人心懷怨恨。

某天夜裡，在走廊巡視的老人突然被人用木棒般的東西毆打頭部，頭上長了一個大包。

大發雷霆的老人立即到有可疑的學生房間檢查，但是那位學生的房間裡並沒有像木棒之類的東西。

那麼，那位學生到底是用什麼毆打老人的頭部？

答3

學生是拆掉被爐桌子的腳毆打老人。毆打老人後再把它放回原處，當然不會露出馬腳。

被爐

被爐可說是日本代表性的家具之一。本來是指以前日本的農家在榻榻米房間裡起一個爐灶，上面擺放一個木架子的構造，有些甚至做成可自由移動。不過，現代的日本已多半使用電器被爐。

到了第二次世界大戰前，日本除了農村之外，都市的家庭也盛行這種隨處可擺的被爐。燃料是木炭、煤炭、豆炭等，夜晚取暖時最爲便利。

被爐的起源據說是在十五世紀末，在早期人們將火爐放在房內，製造暖氣效果，到後來才將火爐改成被爐。

當時，一本名叫『節用集』的書籍中出現「火縫」（火縫＝被爐），而到了江戶時代初期發明了「高被爐」可謂現代木架被爐的原型。

在電器被爐尚未問世的時代，在被爐上添加豆炭是農村孩子們的工作。每天早上把老舊豆炭丟棄，改換新豆炭以便一日的取暖，乃是當時日本農村生活的典型。

電器被爐雖然便利，但是，卻因爲太過於合理而失去原有的鄉土味。

某公路發生了一件車禍，肇事者卻當場脫逃的案件。

慘遭車禍的被害者是眼睛看不見的按摩師。不可思議的是被害者所穿著的白色上衣不見了。

但是，調查被害者的遺物及相關物品時，立即找到了眞兇。

兇手爲何拿走被害者的上衣？

答4

被害者所穿著的白色上衣上留下輪胎的痕跡。

按摩師

用手掌或指頭來摩擦或按壓人體稱爲按摩。按摩的要領有搓柔法（輕輕按摩）、柔捏法、敲擊法等。一般是從人體的四肢或身體的末梢部分往中樞方面（心臟）按摩。

藉由按摩可將滯留在身體各處的血液輸送到中樞方面，讓血液能順暢地在人體各處循環。

據說按摩可治療神經麻痺、小兒麻痺，然而這是錯誤的觀念。

近代雖然西方醫學極爲發達，不過，最近針灸、按摩等東洋醫學漸漸又受到矚目。

這也許是完全倚賴具有副作用危險的藥品或注射治療法的一種反省吧。

在第二次世界大戰之前，按摩師可自由地營業。但是，日本目前的法律規定「除醫師以外，若以按摩、針灸或柔道技術開業從事人體治療者必須取得執照」。換言之，必須通過資格考試。

日本全國各地有許多國立、公立、私立的按摩師訓練所。

S國在沙漠裡頭擁有一個秘密的科學工廠。爲何將工廠建造在沙漠呢？

因爲，工廠所製造的是引火性的瓦斯，非常危險。

有一天，敵國的間諜潛入該工廠，他得到秘密正要脫逃時，被工廠的員工發現而遭逮捕。

廠內員工看見那位間諜的服裝時，個個臉色鐵青並且大叫說：

「混蛋，難道你想使這個工廠爆炸嗎！」然後慌張地把間諜帶到工廠外。

這位間諜目的是要偷取秘密，身上並沒有帶炸藥、火柴或打火機。

那麼，工廠職員何以大聲嚷嚷呢？

答5

那位間諜穿著化學纖維的服裝。

各位大概也有這樣的經驗吧。化學纖維製的內衣脫下時，會帕嚓帕嚓地產生靜電的火花，那些火花量少電流弱，不會產生危險。但是，據說電壓高達數萬伏特。當然，對製造引火性瓦斯的工廠會帶來極大的危險。

沙漠

沙漠的雨量極少，幾乎無法生長植物。

不過，撒哈拉沙漠中的菊科植物或亞利桑納的仙人掌在電影中是常見的沙漠植物。

至於沙漠動物，首先想到的是駱駝，不過，不知何故沙漠中似乎有許多蜈蚣、毒蠍、毒蛇等可怕的動物。

而且，日夜溫差高達六〇度以上，根本不是人可以居住的地方。

據說沙漠佔居地球陸地的二〇%，較大的沙漠即使步行數十天也無法走盡。

沙漠幾乎都分佈在中緯度高壓帶，撒哈拉沙漠、戈壁沙漠等是其代表。

沙漠可分沙質沙漠與岩石沙漠兩種，一般多半是岩石沙漠。日本的鳥取或秋田的沙丘，雖然類似沙質沙漠，卻不稱爲沙漠。

但是，在這麼嚴苛的自然環境下，仍然有泉、河川，其周圍長著茂密的植物，這就是所謂的綠洲。從前在沙漠長途跋涉的商隊，綠洲可以說是他們的求生之地。

這裡是R國的國境檢查所，剛才正接獲通報說敵國間諜偷取國家文件正打算逃往國外。

因此，檢查非常嚴格。

那位間諜喬裝成大型卡車司機來到檢查所。

以結果而言，這位喬裝成司機的間諜因爲不經意的謊言而被起疑，終於被檢查所員拆穿眞面目。

那麼，他的謊言是什麼呢？同時，爲何露出馬腳？

你的職業是什麼？以前在做什麼？到這裡來幹什麼？
我是專門跑長距的卡車司機，今天只是因爲工作而路過這裡而已。整年開著車到處亂跑，所以，你瞧，一身都灰頭土臉的。

答6

檢查所員看見司機的臉孔隨即洞穿他就是間諜。因爲，駕駛時戴著帽子，應該在額頭上留有日曬的界痕。

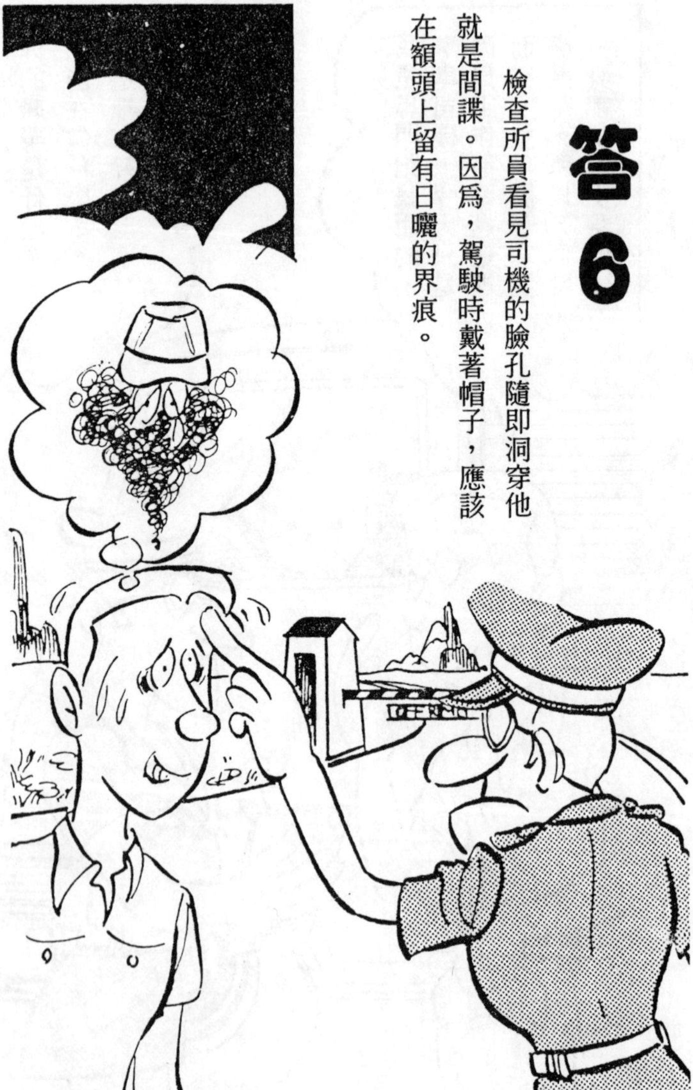

日曬

夏天，到海邊游泳時皮膚會曬黑，這就是日曬。而在醫學上則稱爲發紅（紅斑）與著色（色素沉澱）反應。

發紅是指皮膚吸收過量的日光而造成血管擴張，引起充血之後皮膚的分泌變得旺盛而導致發炎。嚴重時也會產生水泡或遭受輕度的灼傷。

至於著色（色素沉澱）是發紅減退後的現象。是指因紫外線的照射而變成褐色的皮膚。

人的皮膚遭受紫外線照射一次後，必須花數個月才能消失。

不僅是夏天的海邊，冬天的降雪地帶也會有日曬的現象。這時，皮膚會曬成灰褐色。正確地說，這並非日曬而是雪曬。

防止日曬的方法是塗抹防曬油。但是，日曬有各人差異。同樣是在太陽光下曝曬，有些人的皮膚也不會變色。在海邊玩水時的要領是不要一下子就把肌膚完全暴露在陽光下，要讓肌膚慢慢習慣日光的照射。日光浴也是一樣，先從輕度的日光浴開始，讓皮膚接受日曬，漸漸產生抵抗力後才能進一步使肌膚曬成健康的膚色。

Q是著名的料理研究家，當然，自己也可以做中式、洋式、日式等料理。

而在Q的自宅客廳發生了女傭被殺的事件。

警方立即向Q調查詳情。以下是當時的對話。

刑警：「當時你在廚房？」

Q：「是的，我打算做豆腐料理而正在切豆腐，結果聽到客廳傳來哀嚎的聲音……。」

刑警：「哦，原來如此，不過，你在說謊。」

Q：「你說什麼！有什麼證據！」

刑警：「你是殺了女傭之後佯裝在廚

房切豆腐。這個豆腐是女傭切的吧？」
結果，Q的謊言被拆穿了。
刑警何以知道Q是兇手呢？

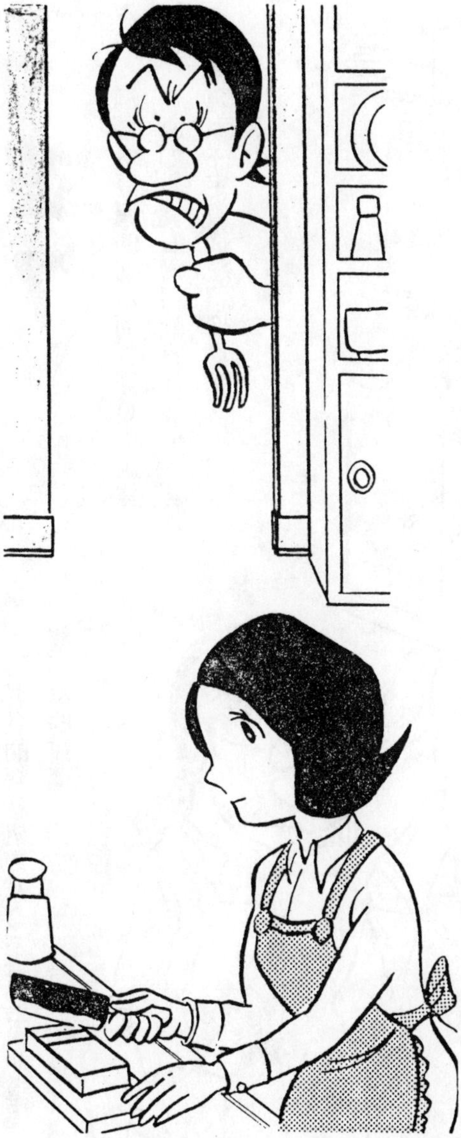

答7

刑警看豆腐的切法而拆穿Q的謊言。

豆腐如果從右邊切較容易變形。若是料理專家一定會從左邊切豆腐。

著名的料理研究家Q不可能不知道這麼簡單的道理。

料理

人類從石器時代開始就知道切割、烤、煮食物。因爲，火及料理器具的發明而知道將魚類或野獸的肉加工處理，這乃是人類與動物的根本不同。

譬如，智商再高的人猿也不懂得使用火。當然，也不會用小刀與菜刀。

把食物加工變成容易進食的狀態就稱爲料理。料理的方法可細分爲生、蒸、燙、煮、烤、炸、拌等多種，以青菜、雞鴨魚肉、貝類等各種材料做各種不同的料理。

料理的種類因各民族、各家庭的不同而有差別。例如，中國料理注重味道、日本料理是以外型美觀取勝、西洋料理的特色則在香味。

而中國料理不但量多，所用的材料也非常豐富。日本料理是把魚、青菜，美麗地裝飾在瓷器上。

另外，西洋料理中以精製的蘇俄料理、材料豐富的西班牙料理、以馬鈴薯爲特長的德國料理、香味取勝的法國料理及具有獨特風味的玻里尼西亞料理等爲代表。

女生宿舍的怪物！
連窺視狂也被嚇倒的
火餤怪物！
8

忠吉是個偷窺狂，今天晚上又到附近的女生宿舍偷窺。

但是，不堪其擾的宿舍女孩們已經採取了應對措施。

當忠吉進入庭院的霎那，從盆栽處突然竄出一團火餤。

慌張的忠吉嚇破了膽，趕緊跑到派出所。

愚蠢的忠吉就這樣被逮著了。那麼，到底是那一個女孩嚇唬忠吉呢？

A小姐
B小姐
C小姐

答8

是B。把打火機的火燄擺在噴霧器的前方，噴霧時就變成一團火燄。

變態者

精神變態、病態性格、異常性格的人統稱變態者。換言之，表現出異常性格或行動的人就稱爲變態者。

但是，正確地可分爲天生的精神病患與只是喜歡異常言行擧動的人。不過，「正常」與「異常」的區分非常困難，在法律上也經常造成問題。

譬如，有不少男性在擁擠的巴士或電車上喜歡碰觸年輕女孩的身體。這種人也算是「變態者」嗎？人的本能具有想要接觸異性的慾望，所以，這個區分委實令人傷腦筋。

也有些人雖然過著正常的社會生活，卻具有變態性格。常常因爲犯下了某種罪行後才暴露出其是性格異常者。

很可惜的是，至今尚無治療變態者的方法。據說美國正研究動腦部手術以治療變態的可行性。不過，事實並不如想像中的容易。若坐視變態者爲所欲爲，結果，不但會使其症狀變重，更會對社會造成嚴重影響。因此，任何國家都讓這些變態者在固定的醫療機構或治療所住院治療。

大郎、二郎、三郎是活潑可愛的三兄弟。

有一天，母親在桌上放一個蘋果，三兄弟中的某人卻悄悄地削了蘋果皮把它吃掉了。

母親只瞥了偷吃者的背影一眼，然而三兄弟長得非常像，根本分不清是誰。

那麼，請仔細地觀察附圖想想到底是誰偷吃了蘋果。

大郎
三郎
二郎

答9

從蘋果皮的方向就可知道偷吃者是左撇子。所以，是三郎幹的好事。

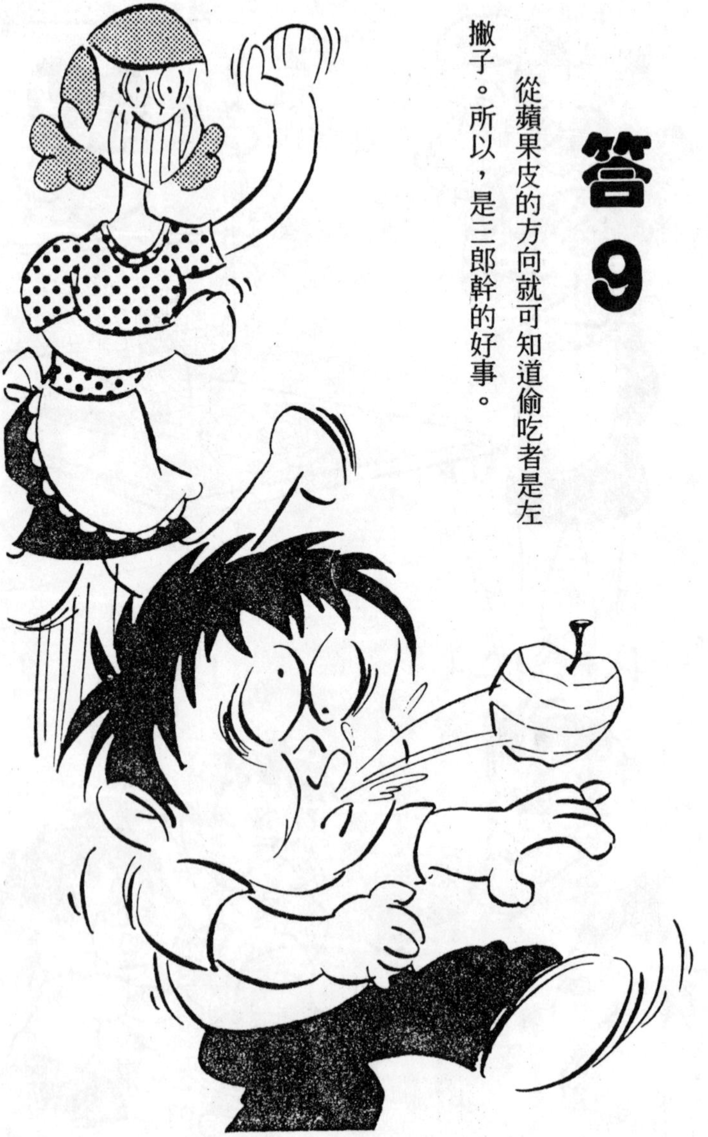

蘋果

蘋果是很早就有的水果。聖經上也有亞當和夏娃偷吃蘋果的故事。據說是在紀元前由高加索地方傳到歐洲。

蘋果的原種就有三十種，後來經過改良的種類更是不可勝數。日本的蘋果是從中國傳來，不過，到了明治時代輸入西洋蘋果之後中國種的蘋果就完全消聲匿跡。

目前日本較受歡迎的祝、紅玉、國光等品種也是在明治時代之後從美國輸入的品種。

蘋果花非常美麗，和葉子同時或更早開花。雌蕊有五瓣、雄蕊有二十餘瓣，開花期的蘋果園非常絢麗。

各位是否知道所謂歷史上的「三大蘋果」所指爲何？那是前述的亞當與夏娃的蘋果以及威廉・提爾的蘋果以及牛頓發現引力的蘋果。

日本在戰敗後流行著一首「蘋果追分」的演歌。在所有水果中，蘋果似乎是日本民衆的最愛。

化學研究所的間諜！
比任何武器都厲害的是什麼？
10

N化學研究所成功地培養出某種細菌。這種細菌只要數滴，就能使一個城鎮完全地毀滅，其效力委實驚人。

當然，研究所的進出相當森嚴，連間諜也難以潛入。

但是，敵方的間諜正打算盜出這細菌的培養液。

那麼，附圖的三人中誰是間諜？

不過，這三人都沒有攜帶可以裝培養液的容器。

B
A
C

答10

間諜是A。他把細菌的培養液裝在鋼筆的墨管內。

培養

將微生物、植物、動物等組織的一部分，以人工的方式培育、增殖稱爲培養。進行培養時對營養、溫度、光線等的控制非常重要。這些外在的條件若能控制得宜，生物體會漸漸繁殖。某些生物體必須使用水素離子等進行培養。

但是，若是濾過性病毒等細菌，必須取自活的細胞，人工的培養液並無法培養。濾過性病毒必須使用特別的天然培養液。所謂天然培養液是指培養濾過性病毒的材料或裝置，是把肉汁、洋菜粉等放進試管內。

腸桿菌、大腸桿菌、赤痢菌等也使用培養液培養。不過，這類細菌的培養非常危險，必須使用特別的培養液。

今後隨著醫學的發達，將會陸續地發現新的濾過性病毒，培養的工作將更形重要了。

另外，請各位記住培養和栽培有根本上的不同。栽培是以接近於大自然的條件，譬如，利用土壤等培育大型的植物，它和完全在人工環境下培育的培養並不相同。

兩個彈孔！

流氓幫派的老大被人發現在其坐車內遭人槍殺。

從屍體的手上握著手槍，車子前窗留著兩個彈孔，由現場的狀況看來，在車內的這位老大與在車外的殺手互相射擊。

不久，出現了一名涉嫌重大的嫌疑者，那名男子說是因爲幫派老大先開槍而採取的正當防衛。

但是，刑警立即拆穿其謊言。

那麼，謊言的破綻在那裡呢……？

答11

車窗的裂痕。兇嫌開槍造成的車窗裂痕堵住了幫派老大開槍所造成的裂痕。換句話說，是兇嫌先開槍射擊。

正當防衛

所謂正當防衛是對於突然發生的不正當傷害行爲，爲了防衛自己或他人的權利不得已而採取的因應措失。換言之，當危險迫在眉睫，若不給予排除時，則無法保護自己或他人的權利而不得不採取的動作稱爲正當防衛。其結果即使對方因受傷而死亡，也不會構成犯罪。

但是，即使遭受威脅或藉故挑釁而引起爭吵，如果拿利刃對抗赤手空拳的對方就變成防衛過當。如果因而殺害對方，也會構成殺人罪。

另外，還有所謂的猜疑防衛，這是指自己的錯覺而造成的犯罪。

例如，走在暗巷中的女子被戴著墨鏡的男子搭訕，該女子以爲會被色狼襲擊而用力推開對方逃跑。不幸的是，當時有一輛車子過來而把男人撞傷。其實那位男人只不過想要問到附近車站的路途而已，這時，可能會以傷害罪論處。

K夫婦二人住在一間房子。最近夫婦二人感情不睦，甚至還提及離婚事宜。但是，卻發生了妻子被槍殺的命案。刑警於是立即偵訊K先生。

以下是當時的對話。

刑警：「你說當時不在家。」

K：「是的，吭、吭，眞對不起！我患有過敏性哮喘到醫院去了……」

刑警：「別再說謊的！是你幹的。」

果然事實正如刑警所言，兇手是K。

但是，何以刑警認爲K所說的是謊言呢？

利用羽毛枕
頭掩滅槍聲。
兇手一定是對
這個家非常熟悉
的人，那麼……

答12

如果K是患有過敏性哮喘，那麼，對動物的毛或羽毛等會有過敏反應而造成哮喘發作。因此，根本不會使用羽毛枕頭，也不會飼養貓。

如果K沒有哮喘，那麼他根本沒有去醫院。

你有過敏性哮喘，根本是一派胡言，是你殺的吧！
我知道喔！

過敏

現在大概沒有人不知道過敏症吧，最先留意過敏症狀而發表學術報告的是澳大利亞小兒科醫生皮爾科。

皮爾科把免疫現象與過敏症之間所共通的結構認爲是抗原抗體反應，並且稱之爲過敏性病態反應（ALLERGY.語源是出自希臘語，是指『變異機能』的意思）。

換言之，我們體內因抗原抗體反應呈現出病態的症候時，就稱爲過敏症。

因此，具有過敏性體質的人對於正常人並沒有任何反應的刺激會有敏感的反應，而出現過敏性特有的症狀。

其症狀的誘因或原因可能是食物、飲料、動物、植物、藥品等不一而足，其中過敏性體質的人似乎對於食物中的蛋、動物中的體毛、植物中的花粉、藥品中的盤尼西林等會出現反應。

情況嚴重時，只聽到蛋的名稱，身體就會出疹，或者只把貓抱在懷裡也會引起哮喘的發作。

P公司募集新進職員，由於經濟不景氣，雖然有許多應徵者，最後只取十名參加最後的面試。

但是，獨自擔任面試的人事課長在結束面試後突然暴斃而亡，似乎面試中與對方發生爭吵，對方臨時起意將課長殺害。

但是，課長使出最後的力氣留下「正」的暗號。

最後找到三個嫌疑犯，但是，負責該案件的刑警們各有其意見。

刑警A：「正這個字是指名字。換言之，叫做正的應徵者最可疑。」

刑警B：「是指面試的號碼。換言之，第五號男人最可疑。」

刑警C：「不，我認爲它是指名字。第十號男人的名字上也有個正字。也許課長在臨死之前無法把他的名字完全寫出來吧。」

那麼，你的推理是？

一號　鄭文正

五號　劉國榮

十號　李正旭

答13

兇手是面試號碼第十號的李正旭。這個問題有一個陷阱，如果最後面試的男人以外的人是兇手，那麼下一個面試者必會發現屍體而立即抓到兇手。

人事課長是想寫正旭的名字，但是只寫到「正」這個字就斷氣了吧。

暗號

「爬上新高山」這是太平洋戰爭中，日本的聯合艦隊命令砲擊隊奇襲夏威夷時的暗號。一般人不明究裡的信號在戰爭中可做爲暗號使用。

暗號可利用各種方法，譬如，爲了避免第三者看穿暗號而在通信文上變更部分名單或使用符號、更改語句、數字等。

首先在軍事上使用暗號的是斯巴達（古希臘時代的都市國家）。到了十六世紀，義大利把暗號運用在外交上。後來，英國、法國等也頻繁地使用暗號。

一九二一年華盛頓軍縮會議中，日本方面的暗號被美方所洞察而造成外交交涉上的不利，是衆所周知的歷史。

由此可見各國不僅挖空心思自創暗號，也拼命地研究解讀外國的暗號。其競爭非常激烈，近代戰爭可以說是決定於暗號解讀的勝負。不僅是戰爭，連外交交涉也是一樣。

同時，民間企業界最近也開始使用暗號，產業間諜在暗中大肆活躍。

日本政界的貪污醜聞洛克購機弊案，由於索賄的交涉過程中有使用暗號，結果使案情大爲撲朔迷離。

高爾夫球場的受傷……

這是物理問題……

14

O先生非常喜歡打高爾夫。今天又和朋友到高爾夫球場打高爾夫。

但是，隔壁的球場突然飛出一個球來，無巧不巧地正好打在O的頭上。揮球的人立即前來致歉。

那麼，那個人是附圖中的那一個？

C先生
B先生
A先生

答14

B是肇事者。A所拿的球桿是driver桿，接觸球的角度圓滑，因此，球道筆直。而C所拿的是在果嶺上使用的推桿，即使用這個球桿推球，球也不會跳得太遠。

高爾夫的球桿

高爾夫是在十五世紀左右英國所盛行的運動。當時的高爾夫競賽全是會員制，因此，高爾夫的球桿稱爲「俱樂部（CLUB）」。

高爾夫的球桿在其擊球桿前端分爲木製、金屬製兩種。

木製的球桿稱爲木桿，主要是用於擊出長距離的球。另外，金屬製的稱爲鐵桿，是用於正確地把球打進目標的位置。

除此之外，有在打近距離吊球時所使用的短打或果嶺專用的球桿。

這些高爾夫球桿在頭部（擊球的地方）的裡側依所擊出高飛球的距離註明有1號、2號、3號等號碼，根據號碼而有所謂的1號鐵桿、7號鐵桿，而木桿中的1號桿特稱爲Driver。

高爾夫球桿的特徵是各個桿頭的斜度（接觸球時的角度）互不相同。斜度的角度較小球飛得較遠，角度較大時雖然可飛出高球卻無法擊出距離。

利用電話做不在場證明
這個詭計一個人辦不到！
15

A是某公司的董事長，由於金錢上的糾紛而把合夥人B殺害了。

但是，當A被警方偵訊時卻不時地提出自己的不在場證明。其不在場證明是在行兇當時他不在現場而在C的家。據職員D的證言，他打電話到C的家時，A確實前來接電話。

D是位老實人，D確實在電話中與A交談的證言似乎頗足採信。

如果A所言屬實，A在命案發生的當時正在C家，不可能行兇。

那麼，如何才能拆穿這個詭計呢？

B
C
A

答15

A和C聯手做下面的詭計。

第3章
日常常識謎解

服裝不整的棒球隊

每個人所帶的用具各不相同，儘可能平等地分配。

太郎所住的那一條街坊成立了少年棒球隊。

雖然人數剛好有九人，服裝、裝備卻非常零散。

有八個人帶球套、七個人穿球鞋、六個人穿制服，那麼，拿手套、穿球鞋、又穿運動服裝的選手至少有幾人？

請考慮最少的狀況。

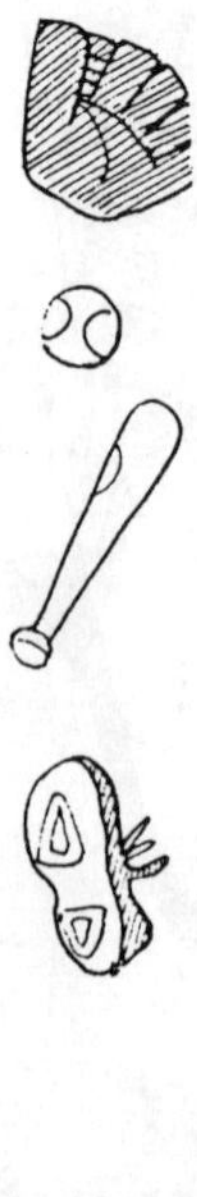

答1

最少三人。這時，剩餘的六人身上有手套、球鞋、運動服裝中的兩項用具。

棒球用具

棒球（BASEBALL）是起源於十八世紀的英國。不過，傳到美國之後才變成目前的盛況。

日本第一支棒球隊是成立於一八七三年（明治六年）尚屬於一橋時代的開成學校，是由外籍老師所成立的棒球隊。

至於日本職棒，乃是到了一九三四年由讀賣新聞首次成立大日本棒球俱樂部而發展到今日。

棒球用具以硬式爲例必須使用下列的規格。

(1) 球（硬球），以橡皮、木栓等爲球心，外側用馬（牛）皮包裹而成。重量是五盎司～五又四分之一盎司，外圍九英吋～九又四分之一英吋。

(2) 球棒　雖然重量並無限制，不過，長度在四十二英吋以下，最粗部分的直徑在二又四分之三英吋以下。

(3) 手套　並無重量的限制。不過，捕手用的手套最大外圍在三十八英吋以下，一壘手的手套長度在十二英吋以下。除此之外，外野手手套的重量也無限制。不過，長度都在十二英吋以下。

(4) 其他還有制服、球鞋等的規定。

哇！不擅長數字問題？
一點也沒關係喔。

政奇搭乘叔叔的遊艇來到遊艇聚集的港口。

從遊艇垂下一個繩梯，從上頭數來第五格的樓梯與水面接觸。

看到這個景況，叔叔問政奇一個問題。問題是漲潮時每一分鐘漲四十公分的水位，那麼，兩個鐘頭後水位會達到繩梯的第幾格？

假設繩梯每一格的距離是三十公分。

那麼，你的算術能力高嗎？

３０公分
A

答2

同樣是第五格樓梯浮出水面。爲什麼？因爲遊艇是浮在水面上啊，根本和水位的高低無關。

漲潮

地球上的海水在太陽及月球的引力下，海面水位一天會發生兩次左右的周期性漲退現象，這稱爲潮汐。

雖然潮汐因場所而有差別，不過，據說高潮到另一個高潮；低潮到另一個低潮之間約花十二小時二十五分。這時，水位高的高潮稱爲滿潮，而水位低的低潮則稱爲干潮。同時，高潮與低潮時的水面差在正值朔月（新月）或其二、三日後最大，稱爲大潮。

相反地，上弦或下弦月時潮差越小，稱爲小潮。春、秋分之際大潮最大稱爲彼岸潮。

世界各國目前正利用這種潮汐作用試驗潮力發電，以產生另一種新的能源。

另外，在各地的海岸都設有檢潮器以觀察潮汐，有時也會看見異常海面的升降。

日本的各主要港口有所謂的潮汐表，表上有逐年的記錄。對沿岸的漁業、港口的出入船有極大的幫助。

五角形之謎……!
咦？眞奇怪！
謎底非常簡單。
SMOKING
3

問一 這裡有一個紙膠帶的切片，那麼，請用這個紙膠帶做成五角形。

問二　這裡有一個小的五角形，請用一個三角規做成比這個大的五角形。

正五角形的製圖法

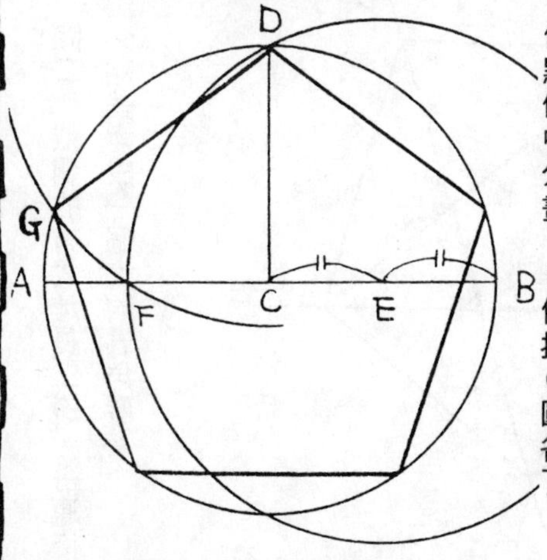

首先用圓規畫一個圓，連接Ａ、Ｂ兩點成一直線，再畫一條垂直線Ｃ、Ｄ，以中間點Ｅ把ＣＤ二等分。接著以Ｅ爲中心畫一個半徑ＥＤ的圓，和ＡＢ的交叉點是Ｆ。以Ｄ爲中心畫一個半徑是ＤＦ的圓，把和圓周的交點設爲Ｇ，以ＤＧ線就能將圓周畫成五等分。將各點用線連接就完成了。

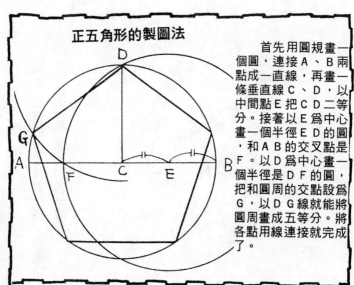

答3

問一　依圖的方式連接紙膠帶，接合處就成五角形。

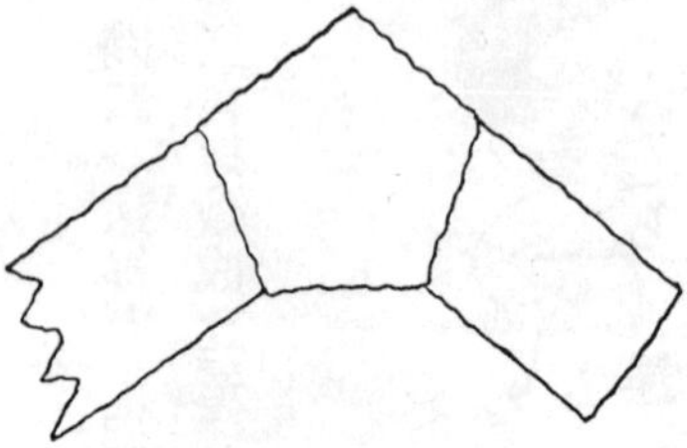

問二　依圖的方式延長二邊，再連接各個交點就變成一個大的五角形。

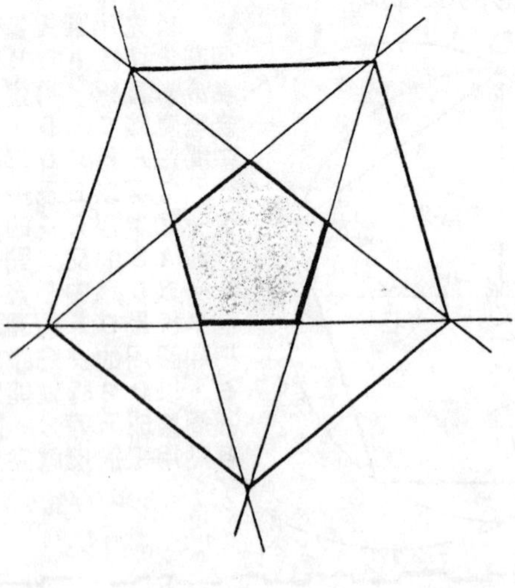

五角形遊戲

①依圖的方式把正方形的紙

折成７２度。

②再對折一次。

③折３６度的一邊覆蓋其上。

④畫上圖剪開。

⑤打開就完成了。

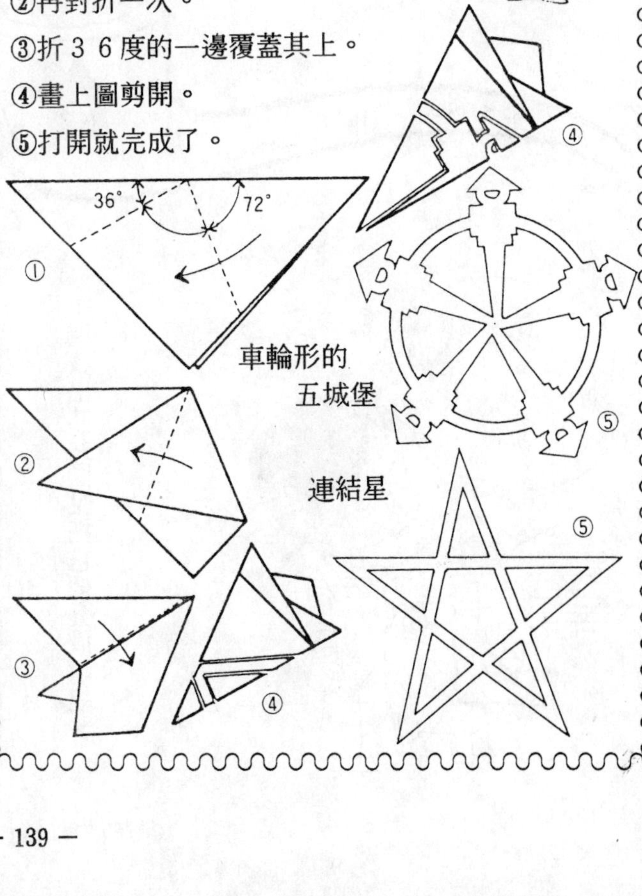

提示：人的名字和土地的名字！

找出次圖中的共同點，就可分成兩組。

請找出其共同點把它們分成兩組。

Ⓑ三明治
Ⓐ PORT WINE
Ⓓ足球
Ⓒ手槍
Ⓕ斷頭台
Ⓔ開襟毛衣

答4

具有發明者名字的是Ⓑ、Ⓔ、Ⓕ，具有首先製造、實行的是Ⓐ、Ⓒ、Ⓓ。

共同點

兩個以上的事物所共同之處稱爲共同點。以數學而言是公因數。

找出共同點時，會發現許多有趣的事。以宗教爲例，完全不同性質的佛教和基督教之間對於死後世界的觀念也有共同點。基督教認爲死是被天國所召，而佛教稱爲死後的世界是未來淨土。

人的性格也有共同點。譬如，在你的朋友之中找共同點時，會發現許多令人感到意外的事。A同學腦筋好卻有些冷酷，B雖然腦筋較差卻談得來。他們兩人的性格雖然相反，卻都喜歡吃湯麵。諸如這般，在找尋共同點時會發現一些好笑的事。

接著，我們把問題擴大來找共同點。據說現代的日本和古羅馬帝國的末期有不少共同點。從歷史上的事實來看，確實有許多類似之處而令人大爲驚訝。古羅馬在繁榮昌盛一時卻突然没落，難道日本也會重蹈覆轍嗎？不過，藉由歷史的教訓從中改進現狀，並努力往好的方向發展是非常重要的。

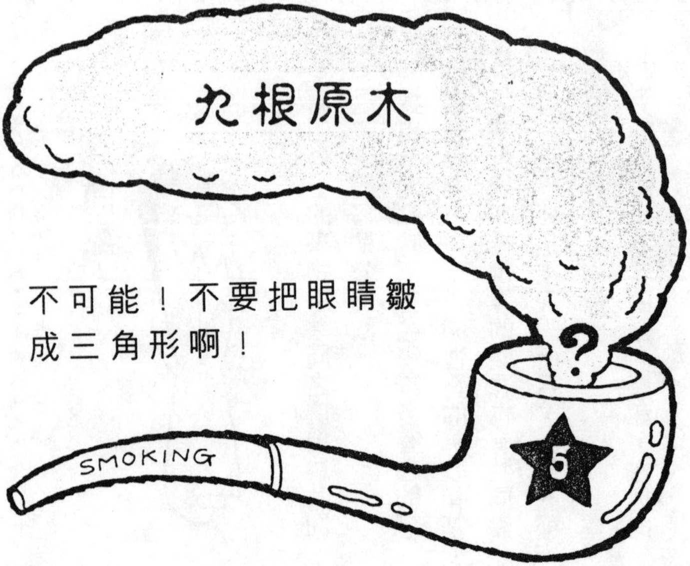

不可能！不要把眼睛皺成三角形啊！

三平的家經營牧場。他們決定飼養四頭小牛，因此，三平用圖示的十二根原木做成柵欄。

但是，在製作時才發現原木少了三根。原來牧場的人把三根原木拿去做別的用途了。

三平不得已想盡辦法用九根原木做四頭小牛的小屋。當然，各個小屋的形狀與大小都一樣。

那麼，該怎麼做呢？

答5

依圖的方式去做。小屋的形狀並沒有規定必須是正方形吧。

這是真的嗎？
都是假的！沒什麼稀奇喔。
SMOKING
6

正太的叔叔什麼都好，唯一的壞習慣是喜歡倚老賣老。

今天聽叔叔談話時，總覺得有些可疑。

那麼，你是否知道哪個是正確，哪個是錯誤的呢……？

☆　☆　☆　☆

①黃金飾品上頭的K字是表示貴重金屬的第一個文字K。

②煙囪越高越能吐出多量的煙霧。你瞧，澡堂或工廠的煙囪不都是很高的嗎？

③人一生所吃的食物、水分總共算起來大約有一輛坦克車的分量。這是以壽命七十歲來計算的喔。

④從前的宮廷有右大臣、左大臣之分，右大臣的階位較高。

⑤擦鏡子時，用香煙的灰燼擦拭，不但可擦得光亮而且可以避免塵埃。

答6

①錯　黃金飾品上的K是指克拉。金的純度是以二十四分率來表示，雖然寶石的單位也是克拉，不過它是表示重量。

②對

③錯　據說大約是一輛鐵路貨車的分量。

④錯　左大臣的階位較高。

⑤對

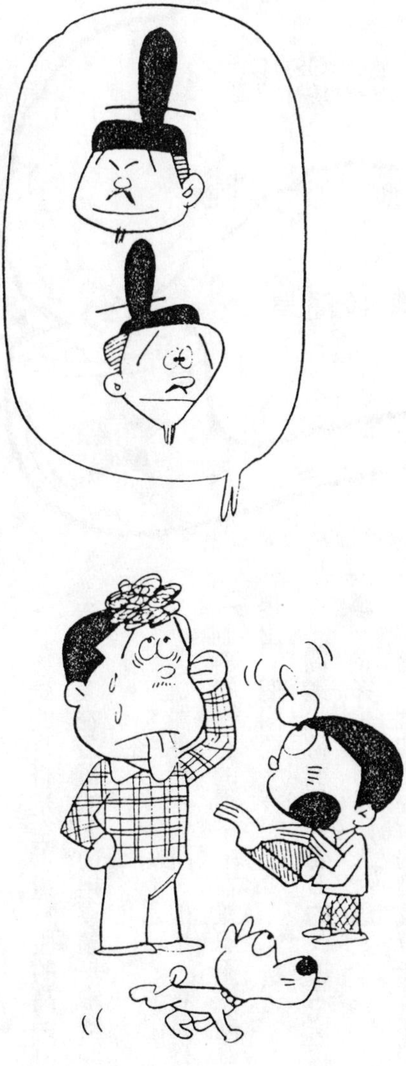

吉雄的問題！
測量時從外側較簡單！
SMOKING
7

吉雄的哥哥是空手道三段的高手。今天，他又在吉雄的面前用拳頭一掌劈開一個磚塊。

吉雄雖然嚇一大跳，但是，看見哥哥一副自鳴得意的樣子，吉雄忍不住向哥哥提出一個問題。

問題是磚塊的A到B的長度（直線距離）是多少？哥哥陷入沉思。

有一個非常簡單的測量方法，你知道嗎？

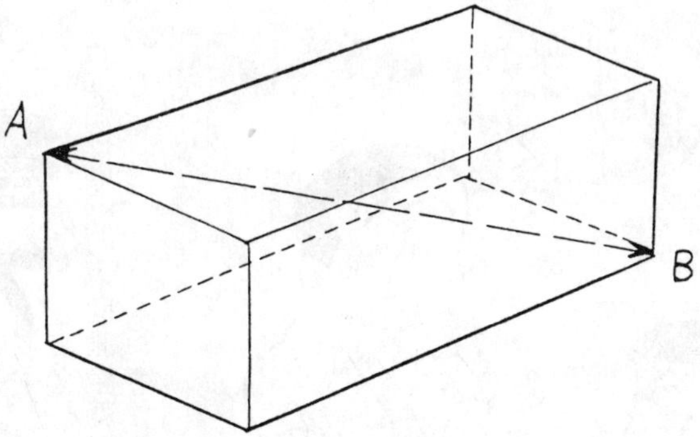
A
B

?

答7

只要依圖的的方向測量就可迎刃而解。

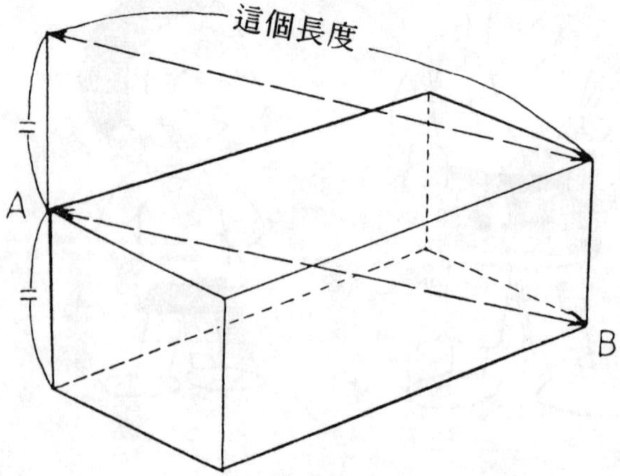

空手道

在電視看職業摔角賽時，摔角選手偶而會展露幾手空手道的架式顯得威風凜凜。空手道是不拿武器而能擊退敵人或防衛自己的東洋獨特的武術。

空手道源自中國，從前稱爲唐手。空手道傳到沖繩時極爲發達，大約在一九二二年（大正十一年）才傳到日本本土。是由沖繩出身的船越義珍到日本推廣的。

日本目前空手道的主要流派是義珍的松濤館流、摩文仁賢和的糸東流、宮城長順的剛柔流、大塚博紀的和道流。

空手道的攻擊法有利用手掌的推、打，藉由腳底、腳側、指根等的踢法（前踢、後踢、側踢等），也有飛向空中連續兩次的兩段踢法。

另外，空手道有所謂的招式與對手打法，根據各個流派採相當嚴苛的練習方法。但是，空手道本來並非以攻擊他人爲目的。主要是以精神修養的防衛機能爲主，它將漸漸成爲受人重視的運動之一。

您知道怎麼看等高線嗎？
線條密集之處非常陡峭。

武彥的興趣是登山。這個星期天他又向某個高山挑戰。

左列的文章是當時登山情況的記錄。請仔細閱讀後猜猜武彥爬的是那一座山。

①首先由北側開始爬山，剛開始的路途非常難走。

②爬上山頂。平坦的山頂爬起來較輕鬆。

③又碰到陡峭的爬坡。

④爬上山頂。山頂周圍的山道可看得見很低的山下。

⑤下山。輕鬆地走在平緩的山道上，平安無事地走出山的南側。

那麼，武彥所爬的山是次圖中的那一

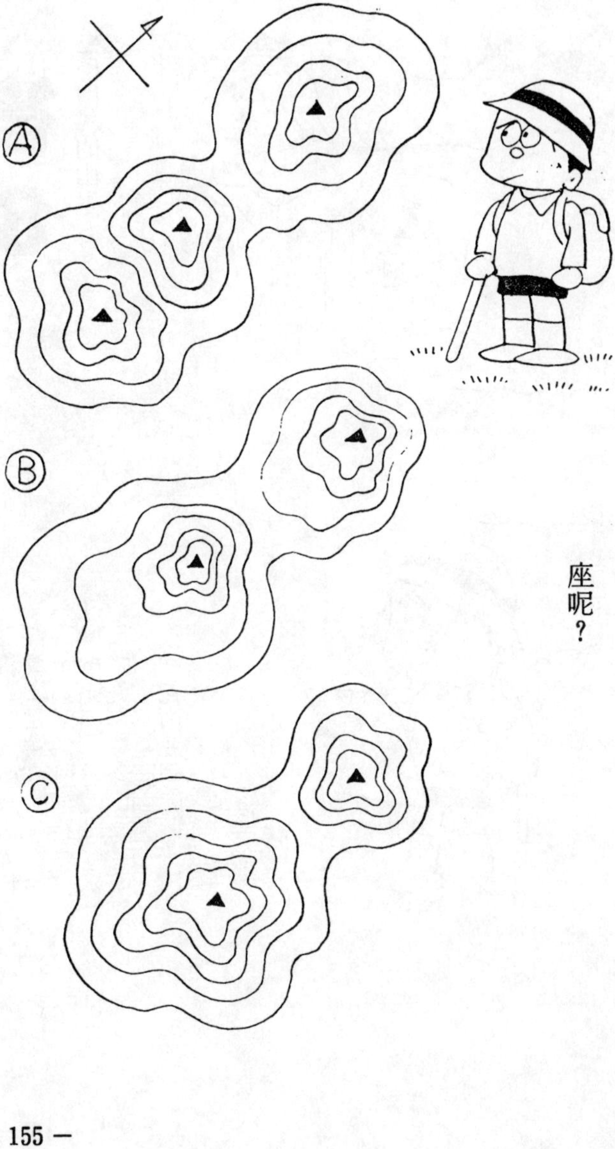

座呢?

答8

武彦所爬的山是B。

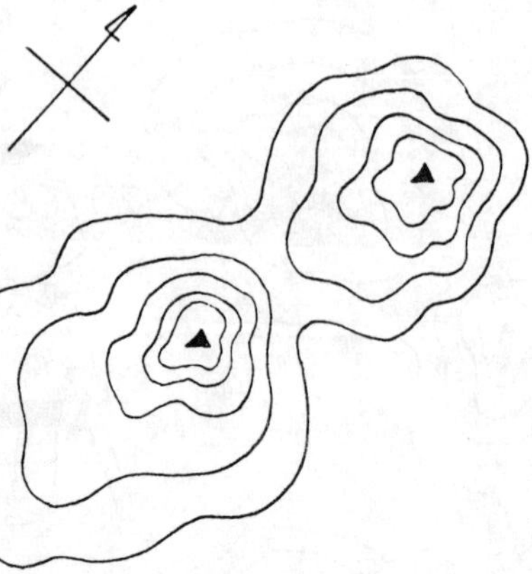

登山

直到最近登山才被認爲是運動之一。從前，登山幾乎都帶有宗教性的意味。除了宗教性的儀式之外，登山的目的是爲了學術上的探索或交通調查。

到了十八世紀，西洋人把登山當作近代運動項目之一。

做爲運動的登山可分成個人與隊員組成的團體兩種。日本的富士山或白馬岳的山頂是個人登山者的挑戰對象。至於穗高等正統的登山，必須成立登山隊員、設立基地露營。

縱走、橫越登山是連續地攀爬一座山脈或群山。喜馬拉雅山或阿爾卑斯山等高峰必須搭建數個基地帳蓬慢慢地往前進，最後再讓精選出來的隊員向山頂挑戰。

做爲運動之一的登山非常有趣。但是，如果沒有習得登山技術、不熟悉山岳的地形或氣候時，恐怕也會慘遭意想不到的山難。登山的種類在技術上可分爲爬岩、爬沼澤（主要是攀爬溪谷），也可依季節分爲夏山、冬山。

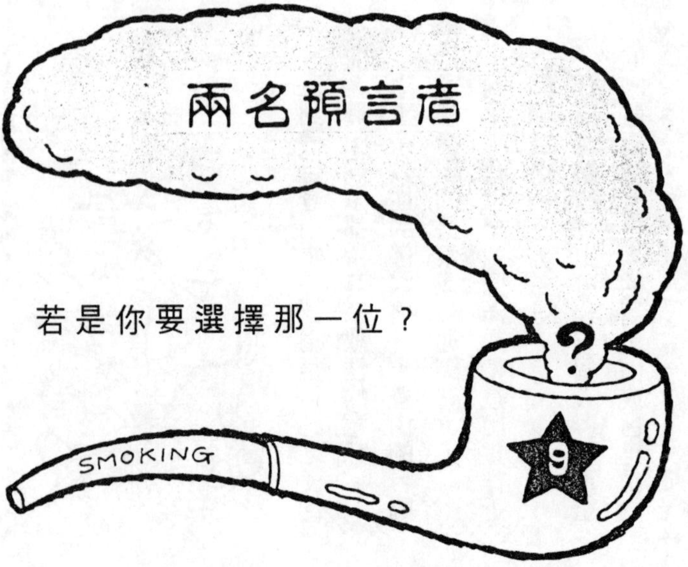

若是你要選擇那一位？

從前，有一個名叫甘賈拉巴的王國。該國自古以來都是根據占星或預言者的話語而舉行國家的各種儀式。

有一天，該國打算聘請新的預言者，而在全國各地刊登告示，結果來了兩名預言者。因此，國王想問問這兩個人，看看誰的預言較正確。

預言者A：「我的預言十個會中六個。」

預言者B：「我比不上A預言者。十個中有七個不中……」

那麼，國王會採用A、B中的那一個預言者呢？

不中率是七成
命中率是六成

答9

採用預言者B。爲什麼……？

A的命中率是六成，B的不中率是七成。若是如此，如果讓B預言，而實行與其預言相反的事情則準確率將變高吧。

預言者

本來預言者是出自『舊約聖經』。這本書是記錄伊朗預言者的話語，只有少數卓越的人被稱爲「神之人」「見神者」，向民衆傳達神的旨意或教義。

預言者擁有現代的行政官與司法官的權力，對於民衆的生活方式何者爲善、何者爲惡，會一一舉例說明。

『舊約聖經』的時代之後，出現了耶穌而產生了基督教，不過，仍然存在著神的告知者、預言者。舊約・新約兩本聖經可以說是預言者的記錄。

由此可見，古代的預言者帶著濃厚的宗教色彩。但是，到了現代，預言者是指具有超能力能預言未來的人。譬如，如果能預測地震、水災等天災的預言或預測會發生大事故或暴動等社會預言的人，如果預言屬實則會受到衆人的矚目。

另外，除了重大的事件之外，還可預測個人的未來、戀愛、婚姻、災難、疾病、勤務調動等。街坊角落的手相師或風水的占卜師可說是現代的「預言者」。

那一邊較危險？

會被雷殛嗎？

A和B是某公司的合夥人，但是，由於經濟不景氣，公司的經營狀況並不理想。不過，他們表面上仍然和平相處。有一天，二人結伴到高爾夫球場來。

當他們正玩著高爾夫球時，突然下起雨來並打了雷。

二人趕緊丟掉金屬製的球桿，跑到俱樂部休息室的屋簷下躲雨。

俱樂部休息室的屋頂裝有避雷針。

那麼，A、B兩人中，那一個會碰到雷殛的危險……？

避雷針
B
A

答10

B較危險。據說避雷針的有效範圍是從針頂往下四十五度的圓形中。所以，B如果不靠近避雷針的位置就有危險。

雷

地震、雷、火災、父親——據說古時候的人最怕這些東西。由這些順序即可發現雷是多麼令人畏懼啊。

不過，雷是雷雲中的放電現象。美國的富蘭克林在打雷中利用放風箏的實驗做了這個證明。雷會副帶強烈的閃電、雷聲、激烈的雨勢，這是因爲夏天時雷雲上產生強烈的上昇氣流而引起的放電現象。

一般的雷雲直徑約十公里，高約十～十五公里，雲的速度約時速四十公里。雷在瞬間（十五分左右）後就靜止，不過，雷雲並不只有一個，會一再地發生。所以，可能持續數個鐘頭。

雷的種類有熱雷（地面接受強烈的日曬時）、界雷（因上升氣流所致）、渦雷（因颱風、低氣壓所致）三種。

在高大的建築物上裝避雷針是爲了避免落雷。因此，當在戶外碰上大雷時，應迅速地躲匿在建築物的裡面。平原或高樹下最爲危險。

惡魔博士的發明！

細菌的惡魔式繁殖法！

惡魔博士埋頭於細菌的研究。有一天，他成功地栽培了繁殖力極高、令人可怕的細菌。

這種細菌在一分鐘裡會呈倍數成長。

現在，博士手上拿著瓶子，這個瓶子只要放進一個細菌，一個鐘頭後整個瓶子即遍佈細菌。

那麼，瓶中正好繁殖一半細菌時是在幾分鐘之後……？

答11

五十九分鐘後。如果稍不留神只想著整個瓶子長滿細菌要一個鐘頭的時間，就會以爲細菌繁殖到一半時應該是三十分鐘後。但是，細菌是在一分鐘裡呈倍數繁殖。所以，當瓶子遍佈整個細菌的前一分鐘應該只有一半的細菌。

惡魔

惡魔的相反詞是神，所以，惡魔是和神對抗，加害人並給人帶來傷害者。世界上的宗教、民俗信仰中若有神，必有惡魔的存在。

但是，東洋與西洋的惡魔卻有所不同。以日本的惡魔而言，多少具有幻想性、幽默的性格。而西洋的惡魔則心懷不軌，較具現實性。

日本古老故事中所出現的鬼也屬於惡魔的一種，顯得有些世俗味。但是，西洋的惡魔容貌醜陋像是魔術師。

這是因爲在中世紀的西洋，稱爲雷蒙的惡魔驅使魔術擾亂人間而使人留下的印象。聖書上也寫著惡魔是墮落的天使所化身，在中世紀甚至有爲魔女驅使法術而在法庭判決的例子。那是實在的人運用魔術施法，而被認定是魔女而判處死刑。

在現代的科學文明社會當然沒有惡魔。但是，對於失去人性的殘暴犯罪者會冠以惡魔或畜生的形容詞。惡魔最好還是存在於小說或幻想的世界，若來到實際的世界則傷腦筋。

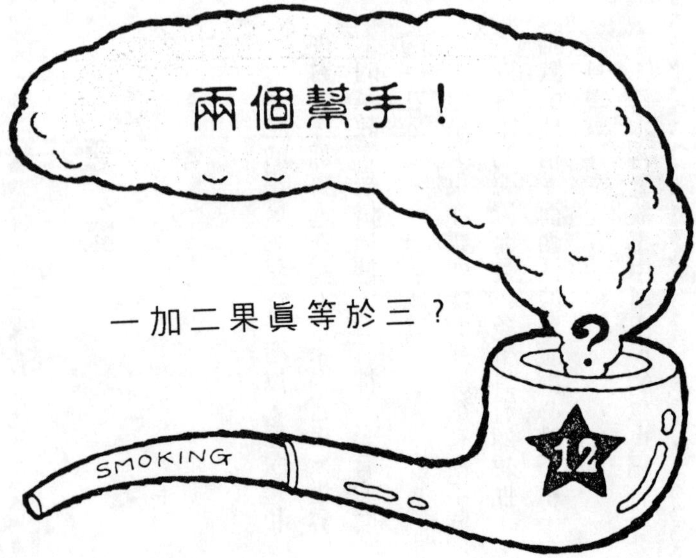
兩個幫手！
一加二果真等於三？
?
SMOKING
12

定男的家有一口古井，自古以來就有乾淨的清水可使用。

現在，定男打算用一個水桶把水從古井汲水到水槽裡。

這時有兩個朋友到家裡玩。他們說要幫定男汲水。

假設定男一個人汲水要一個鐘頭。那麼，讓兩個朋友幫忙時花多少分鐘就可完成呢……？

答12

仍然花將近一個鐘頭。

您是否想著……60分÷3＝20分？

其實只有一個水桶，即使有再多的人幫忙，所花的時間也差不多。

水井

在水道還未發達時，人是利用水井取水為生。所謂水井是在地殼挖一個深洞，從中汲取地下水。

水井的種類有淺井、深井。淺井的深度約十公尺左右，可用勺子、水桶、幫浦等汲水。直徑約一公尺左右，在鄉下的農村偶而還可看見水井。深井掘的較深，有時也會掘到地層的黏土層、岩盤下。汲取石油等資源的設施就是利用深井。

現代水道發達，只要打開水龍頭就有水。不過，有不少水資源仍然仰賴井水。井水是天空降落在地所成的地下水。因此，降雨量較多的地方深受水源之惠。

井水可廣泛地運用於飲用水、家庭用水、工業用水、冷卻用水等。但是，如果過度取用地下水，會造成地層下陷的弊害。最近已造成各種社會問題。

被蜜蜂叮到的妹妹！
蜜蜂最怕什麼？
SMOKING
13

吉雄和幾個小伙伴去踏青。他們高興地在平原玩了一會兒之後，愉快地吃起便當。

這時，妹妹突然叫了起來。大家聞風趕緊轉過身去，結果發現妹妹的手腫得厲害，似乎是被蜜蜂叮了。

那麼，次圖是當時的情況，其中採取應急措施而讓妹妹大爲感動的幸運男孩是誰？

唉喲
時男
飯糰
高治
蒸蛋
可樂
吉雄

答 13

是高治。被蜜蜂、毒蟲叮到時，只要擦些鹽巴立刻就好了。

蜜蜂

蜜蜂是與我們生活非常密切的昆蟲。在二、三十年前，農村的兒童經常被蜜蜂叮傷。

所以，蜜蜂似乎是並不可愛的昆蟲。

密蜂在動物學上是屬於節足動物、昆蟲類、膜翅目，種類繁多全世界中據說有十幾萬種。

譬如完全沒有翅膀的蟻蜂，以植物的葉、莖爲食的樹葉蜂，捕食蜘蛛等昆蟲的石蜂等。

在特異的蜜蜂中也有完全無性生殖（無雌雄之別）而繁殖的種類（石蜂科）。

蜜蜂是最進化的蜂類，不但具有社會性，對人類也有幫助。

雖然蜂並不可愛，不過，蜜蜂卻頗得人緣。

冰糖和美枝小姐
如果把冰塊和砂糖分別
考慮就錯了喔！
?
SMOKING
14

次圖中美枝妹妹正要製作冰糖。那麼，依她的方式做得出冰糖嗎？

辦得到嗎……？

首先製作糖水
砂糖
把糖水放進製冰盒裡
放進冷凍庫裡冷凍就完成了……

答14

辦不到。因爲，冰糖是砂糖加熱後的結晶，並不是冷卻後凝固而成。

冰糖

冰糖自古即有之，據說當時的冰糖是把白砂糖溶入水裡，煎熬後放些蛋白再把浮上來的殘渣取淨就完成了，和現代的製作法大不相同。

現在則是把甘蔗等壓榨成汁，放進遠心分離器使其濃縮、結晶而成。根據結晶時的方法可製做各式各樣的砂糖。結晶較大時則變成粗砂糖，結晶較小就是精製砂糖。

經由這個方式所製造的砂糖除了冰糖之外，還有衆所周知的白砂糖、紅砂糖、黑砂糖、粉砂糖、粗砂糖、角砂糖等。其中以冰砂糖（也叫冰糖）在砂糖中的結晶最大，是純度最高的製品。

因爲，那是把以蔗糖精爲原料的純糖液加熱結晶而成的。

有些人把冰糖當糖果吃，不過，多半使用於水果酒。

暈船的推銷員

雖然長得一樣高，腳的長短卻會影響安定性嗎？

Ａ和Ｂ都是推銷員，兩人在工作上是互爭長短的勁敵。有一次，他們必須到離島的Ｃ島進行推銷。

Ａ早一步搭連絡船到了Ｃ島，Ｂ晚一步到港口時，發現Ａ仍站在港口一臉的鐵青。

Ｂ：「怎麼回事？我以爲落單了，怎麼你還在這裡。」

Ａ：「啊，傷腦筋。船搖得厲害，搖得我七葷八素。」

Ｂ：「是嗎？我所搭的船搖得並不厲害啊……。」

次圖是Ａ、Ｂ所搭的船的斷面圖，請問Ａ所搭的是那一艘船？假設船內的貨物和波浪的程度一樣。

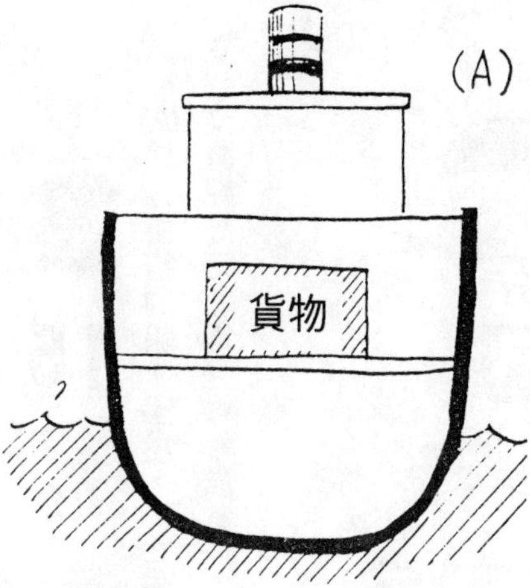

答15

(A)是A所搭的船。因爲，行李所擺的重心位置較高時船搖晃得較厲害。

船

所謂的「船」若以艱深的字句說明則是「在海、川、湖沼等水面、水中所移動的構造物」。也可以說是「運用於人或物體的水上運輸，具有軍事、產業、船員的訓練、海洋調查、運動等用途」。

因此，從數十萬噸的大油輪到一人搭乘的獨木舟都是船。

般依其材質構造可分爲木船、木鐵船、鐵船、鋼船、被覆船、水泥船、輕合金船、塑膠船等等，而從形狀上則可分爲筏、皮船、遊艇等。

船的原動力也是由人力手動的船，漸漸發達到利用風力的帆船、利用蒸氣的蒸氣船、使用柴油機的內燃機船以及現在的原子能船，隨著科學的進步船也日漸發達。

據說船的歷史是起源於遠古時代海洋民族利用數根原木或竹所架構而成，浮在水面上的筏爲開始，後來利用一塊大木鑿成獨木舟，最後才有利用帆的船隻。

蒜頭和竹筍是親戚？

請在下列的蔬菜或水果中，把三個屬於同科的畫上○，其中若有一個屬於不同科者，則畫上×。

①小黃瓜、茄子、南瓜

②馬鈴薯、辣椒、番茄

③白菜、蘿蔔、菠菜

④韭菜、蒜頭、竹筍

⑤山芋、甘薯、芋頭

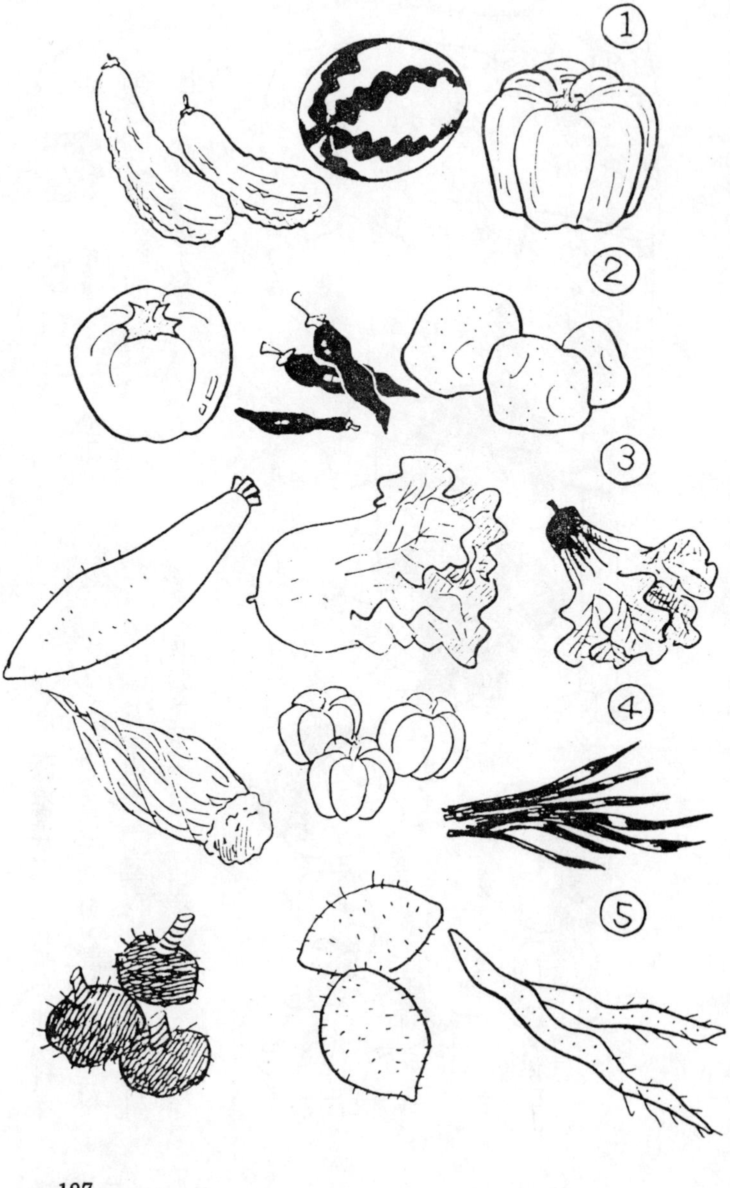
①
②
③
④
⑤

答16

①○　都是瓜科的食物

②○　都是茄子科

③×　菠菜是藜科，其餘是油菜科

④×　竹筍是禾本科，其餘是百合科

⑤×　山芋是山芋科、甘薯是午顏科、芋頭是芋頭科

蔬菜

蔬菜和肉、魚、水果一樣，都是人類最重要的食物。因爲，其做爲副食品的營養價值極高，並且隨處都可栽種。

蔬菜的種類繁多，任意數來就有上百種，大致可區別如下：

1 果菜類 （番茄、茄子、小黃瓜、豌豆）。

2 葉菜類 （鹹菜、白菜、甘藍菜、菠菜）。

3 根菜類 （蘿蔔、紅蘿蔔、薑、馬鈴薯）。

4 花菜類 （花菜）。

5 鱗莖菜類 （洋蔥）。

蔬菜的營養分主要是維他命A、C、無機鹽類等。肉或蛋類是酸性食品，而蔬菜主要是鹼性食品，具有中和酸性的功效。另外，它也是鈣質源，可促進血液循環，具有整腸的功效。

蘿蔔、甘藍菜、洋蔥、土當歸等具有豐富的鈣質。菠菜、紅蘿蔔、南瓜、番茄等則具有維他命A、C等營養素。

用棋子可做成圓嗎？
如果有緣再相逢吧！
?
SMOKING
17

如圖所示，有十五個白和黑的棋子。那麼，請從中動兩個黑色的棋子做成一個圓。什麼？辦不到！請動動你的大腦吧！

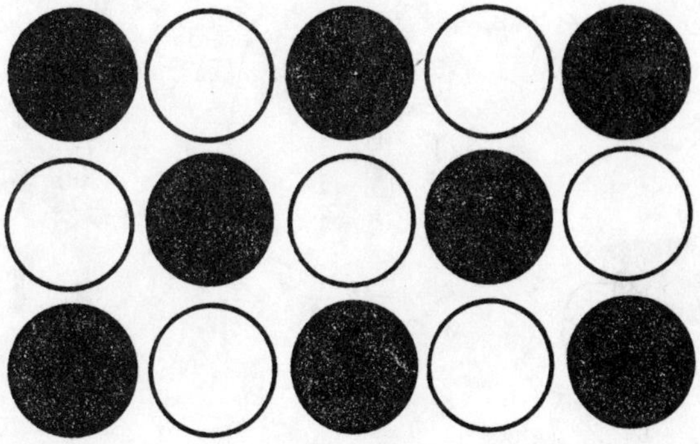

只能動兩個棋子喔……？

答 17

依圖的方式不就變成一個「岡」字嗎。

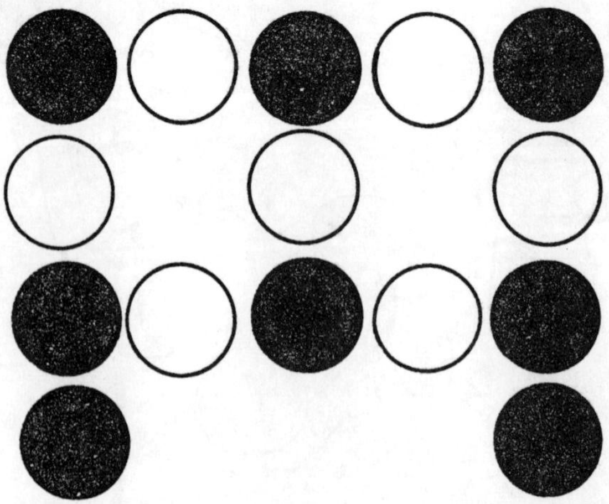

棋

象棋和圍棋是人們所喜好的一種輕便的娛樂，除了西洋棋之外，大概沒有這麼大衆化的室內娛樂了。

圍棋是由棋盤與棋子所構成。棋盤長四十五公分、寬四十二公分，厚薄不拘。不過，一般大約是十五公分。棋盤上畫有縱橫十九條線。

白棋子的一百八十個、黑棋子有一百八十一個。黑棋子之所以多一個棋子乃是由黑棋子先下的緣故，因此才能將棋面排滿。

圍棋的起源甚早，據說大約是在三千多年前由中國所發明，大約八世紀（奈良時代）才流傳到日本。不過，當時只在貴族間流行。到了戰國時代，武士階級也玩起圍棋。而到了江戶時代，已成爲一般民衆的娛樂之一了。

其中以伺奉織田信長、豐臣秀吉、德川家康三代的第一代本因坊算太最爲著名，當時還領有薪俸。

地毯上的墨汁

筆記本上沾了墨汁該怎麼辦？

從守文家裡的客廳傳來一聲慘叫，原來姊姊剛買回來的地毯上沾上墨汁了。

守文、父親、母親趕緊跑到客廳想把墨汁擦掉。

那麼，最後是誰把墨汁擦掉的呢？請仔細看附圖再做答。

母親
吸水紙
父親
牛乳
蘿蔔泥
石油精
守文
INK

答18

父親。地毯沾上墨汁時，首先用吸水紙吸取污漬，再用牛奶擦拭。

地毯

地毯本來是和榻榻米一樣是西洋家庭所使用的鋪地物。不過，後來由於品質漸漸高級化，終於變成美術工藝品。

波斯地毯就是其中一例，價值高達數十萬元。因爲它是將具有民族色彩的各種動物的毛以「結立毛式」的特殊織法，由專業的編織師匠花費長久的時間編織而成的，難怪價值如此昂貴。

波斯地毯的花紋極爲豪華美麗，不僅使用羊、山羊等身上的毛所織成的線，還經常使用金、銀的裝飾線或絹。地毯的產地除了波斯之外，還有土耳其、高加索、印度、中國等。

與絨毯類似的有稱爲段通的地毯。這種地毯的寬幅較大呈方形（絨毯呈細長形），主要是使用粗毛、綿、麻、絹絲等，色彩鮮豔。

大陸地區以天津地毯最有名。日本佐賀縣的飯島、兵庫縣的赤穗、大阪的界等處都有段通的製造，經常和絨毯混同。

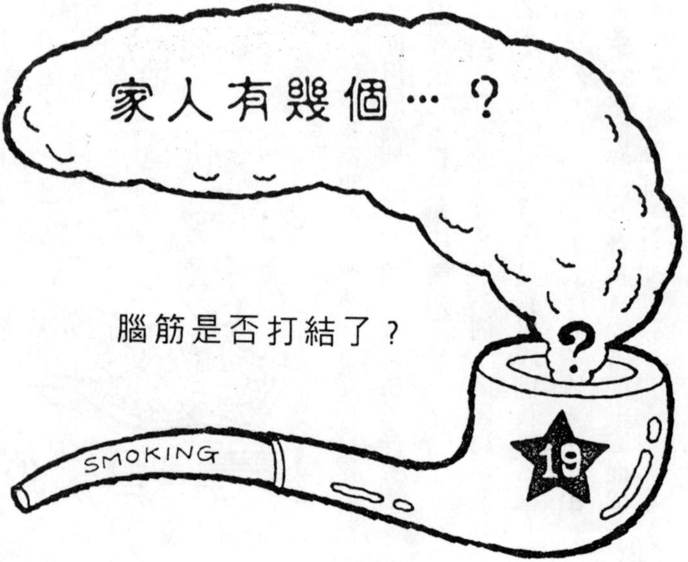
家人有幾個…？
腦筋是否打結了？
SMOKING
19

A家、B家、C家是感情非常好的鄰居，經常彼此串門子。

A家有一人到B家時，兩家的人數就相同。

相反地，B家有一人到A家時，A家的人數就變成B家的兩倍。

另外，當A家有兩人到隔壁的C家時，A、B、C三家的人數就一樣。

那麼，A、B、C三家的人數各有幾人？三家族都在十人以下。

A家
B家
C家
雖然有些麻煩，不過請動動腦筋

答19

A家七人，B家五人，C家三人。

最後的十公尺是勝負關鍵!

吉雄和純純的專長都是賽跑。假設他們兩人比賽百公尺賽跑時，以十公尺之差由吉雄奪魁。

那麼，如果在起跑點吉雄退後十公尺再跑步時，吉雄和純純是否同時到達終點呢……?

答20

二人不會同時到達終點。以他們二人腳力的速度來看，在九十公尺的地方，二人齊頭並肩，但是，在剩下的十公尺競賽中，仍由吉雄奪魁。

大展出版社有限公司	圖書目錄
地址：台北市北投區11204 致遠一路二段12巷1號 郵撥： 0166955～1	電話：(02) 8236031 8236033 傳眞：(02) 8272069

•法律專欄連載•電腦編號58

台大法學院 法律學系／策劃
法律服務社／編著

①別讓您的權利睡著了1	180元
②別讓您的權利睡著了2	180元

•婦 幼 天 地•電腦編號16

①八萬人減肥成果	黃靜香譯	150元
②三分鐘減肥體操	楊鴻儒譯	130元
③窈窕淑女美髮秘訣	柯素娥譯	130元
④使妳更迷人	成　玉譯	130元
⑤女性的更年期	官舒妍編譯	130元
⑥胎內育兒法	李玉瓊編譯	120元
⑦愛與學習	蕭京凌編譯	120元
⑧初次懷孕與生產	婦幼天地編譯組	180元
⑨初次育兒12個月	婦幼天地編譯組	180元
⑩斷乳食與幼兒食	婦幼天地編譯組	180元
⑪培養幼兒能力與性向	婦幼天地編譯組	180元
⑫培養幼兒創造力的玩具與遊戲	婦幼天地編譯組	180元
⑬幼兒的症狀與疾病	婦幼天地編譯組	180元
⑭腿部苗條健美法	婦幼天地編譯組	150元
⑮女性腰痛別忽視	婦幼天地編譯組	130元
⑯舒展身心體操術	李玉瓊編譯	130元
⑰三分鐘臉部體操	趙薇妮著	120元
⑱生動的笑容表情術	趙薇妮著	120元
⑲心曠神怡減肥法	川津祐介著	130元
⑳內衣使妳更美麗	陳玄茹譯	130元

•青 春 天 地•電腦編號17

①A血型與星座	柯素娥編譯	120元

②B血型與星座	柯素娥編譯	120元
③O血型與星座	柯素娥編譯	120元
④AB血型與星座	柯素娥編譯	120元
⑤青春期性教室	呂貴嵐編譯	130元
⑥事半功倍讀書法	王毅希編譯	130元
⑦難解數學破題	宋釗宜編譯	130元
⑧速算解題技巧	宋釗宜編譯	130元
⑨小論文寫作秘訣	林顯茂編譯	120元
⑩視力恢復！超速讀術	江錦雲譯	130元
⑪中學生野外遊戲	熊谷康編著	120元
⑫恐怖極短篇	柯素娥編譯	130元
⑬恐怖夜話	小毛驢編譯	130元
⑭恐怖幽默短篇	小毛驢編譯	120元
⑮黑色幽默短篇	小毛驢編譯	120元
⑯靈異怪談	小毛驢編譯	130元
⑰錯覺遊戲	小毛驢編譯	130元
⑱整人遊戲	小毛驢編譯	120元
⑲有趣的超常識	柯素娥編譯	130元
⑳哦！原來如此	林慶旺編譯	130元
㉑趣味競賽100種	劉名揚編譯	120元
㉒數學謎題入門	宋釗宜編譯	150元
㉓數學謎題解析	宋釗宜編譯	150元
㉔透視男女心理	林慶旺編譯	120元
㉕少女情懷的自白	李桂蘭編譯	120元
㉖由兄弟姊妹看命運	李玉瓊編譯	130元
㉗趣味的科學魔術	林慶旺編譯	150元
㉘趣味的心理實驗室	李燕玲編譯	150元
㉙愛與性心理測驗	小毛驢編譯	130元
㉚刑案推理解謎	小毛驢編譯	130元
㉛偵探常識推理	小毛驢編繹	130元

•健康天地•電腦編號18

①壓力的預防與治療	柯素娥編譯	130元
②超科學氣的魔力	柯素娥編譯	130元
③尿療法治病的神奇	中尾良一著	130元
④鐵證如山的尿療法奇蹟	廖玉山譯	120元
⑤一日斷食健康法	葉慈容編譯	120元
⑥胃部強健法	陳炳崑譯	120元
⑦癌症早期檢查法	廖松濤譯	130元

⑧老人痴呆症防止法	柯素娥編譯	130元
⑨松葉汁健康飲料	陳麗芬編譯	130元

・超現實心理講座・電腦編號22

①超意識覺醒法	詹蔚芬編譯	130元
②護摩秘法與人生	劉名揚編譯	130元
③秘法！超級仙術入門	陸　明譯	150元

・心　靈　雅　集・電腦編號00

①禪言佛語看人生	松濤弘道著	150元
②禪密教的奧秘	葉逯謙譯	120元
③觀音大法力	田口日勝著	120元
④觀音法力的大功德	田口日勝著	120元
⑤達摩禪106智慧	劉華亭編譯	150元
⑥有趣的佛教研究	葉逯謙編譯	120元
⑦夢的開運法	蕭京凌譯	130元
⑧禪學智慧	柯素娥編譯	130元
⑨女性佛教入門	許俐萍譯	110元
⑩佛像小百科	心靈雅集編譯組	130元
⑪佛教小百科趣談	心靈雅集編譯組	120元
⑫佛教小百科漫談	心靈雅集編譯組	150元
⑬佛教知識小百科	心靈雅集編譯組	150元
⑭佛學名言智慧	松濤弘道著	180元
⑮釋迦名言智慧	松濤弘道著	180元
⑯活人禪	平田精耕著	120元
⑰坐禪入門	柯素娥編譯	120元
⑱現代禪悟	柯素娥編譯	130元
⑲道元禪師語錄	心靈雅集編譯組	130元
⑳佛學經典指南	心靈雅集編譯組	130元
㉑何謂「生」　阿含經	心靈雅集編譯組	130元
㉒一切皆空　般若心經	心靈雅集編譯組	130元
㉓超越迷惘　法句經	心靈雅集編譯組	130元
㉔開拓宇宙觀　華嚴經	心靈雅集編譯組	130元
㉕真實之道　法華經	心靈雅集編譯組	130元
㉖自由自在　涅槃經	心靈雅集編譯組	130元
㉗沈默的教示　維摩經	心靈雅集編譯組	130元
㉘開通心眼　佛語佛戒	心靈雅集編譯組	130元
㉙揭秘寶庫　密教經典	心靈雅集編譯組	130元
㉚坐禪與養生	廖松濤譯	110元

㉛釋尊十戒	柯素娥編譯	120元
㉜佛法與神通	劉欣如編著	120元
㉝悟（正法眼藏的世界）	柯素娥編譯	120元
㉞只管打坐	劉欣如編譯	120元
㉟喬答摩・佛陀傳	劉欣如編著	120元
㊱唐玄奘留學記	劉欣如編譯	120元
㊲佛教的人生觀	劉欣如編譯	110元
㊳無門關（上卷）	心靈雅集編譯組	150元
㊴無門關（下卷）	心靈雅集編譯組	150元
㊵業的思想	劉欣如編著	130元
㊶		

・經 營 管 理・電腦編號01

◎創新經營管理六十六大計（精）	蔡弘文編	780元
①如何獲取生意情報	蘇燕謀譯	110元
②經濟常識問答	蘇燕謀譯	130元
③股票致富68秘訣	簡文祥譯	100元
④台灣商戰風雲錄	陳中雄著	120元
⑤推銷大王秘錄	原一平著	100元
⑥新創意・賺大錢	王家成譯	90元
⑦工廠管理新手法	琪　輝著	120元
⑧奇蹟推銷術	蘇燕謀譯	100元
⑨經營參謀	柯順隆譯	120元
⑩美國實業24小時	柯順隆譯	80元
⑪撼動人心的推銷法	原一平著	120元
⑫高竿經營法	蔡弘文編	120元
⑬如何掌握顧客	柯順隆譯	150元
⑭一等一賺錢策略	蔡弘文編	120元
⑮世界經濟戰爭	約翰・渥洛諾夫著	120元
⑯成功經營妙方	鐘文訓著	120元
⑰一流的管理	蔡弘文編	150元
⑱外國人看中韓經濟	劉華亭譯	150元
⑲企業不良幹部群相	琪輝編著	120元
⑳突破商場人際學	林振輝編著	90元
㉑無中生有術	琪輝編著	140元
㉒如何使女人打開錢包	林振輝編著	100元
㉓操縱上司術	邑井操著	90元
㉔小公司經營策略	王嘉誠著	100元
㉕成功的會議技巧	鐘文訓編譯	100元
㉖新時代老闆學	黃柏松編著	100元

㉗如何創造商場智囊團	林振輝編譯	150元
㉘十分鐘推銷術	林振輝編譯	120元
㉙五分鐘育才	黃柏松編譯	100元
㉚成功商場戰術	陸明編譯	100元
㉛商場談話技巧	劉華亭編譯	120元
㉜企業帝王學	鐘文訓譯	90元
㉝自我經濟學	廖松濤編譯	100元
㉞一流的經營	陶田生編著	120元
㉟女性職員管理術	王昭國編譯	120元
㊱ＩＢＭ的人事管理	鐘文訓編譯	150元
㊲現代電腦常識	王昭國編譯	150元
㊳電腦管理的危機	鐘文訓編譯	120元
㊴如何發揮廣告效果	王昭國編譯	150元
㊵最新管理技巧	王昭國編譯	150元
㊶一流推銷術	廖松濤編譯	120元
㊷包裝與促銷技巧	王昭國編譯	130元
㊸企業王國指揮塔	松下幸之助著	120元
㊹企業精銳兵團	松下幸之助著	120元
㊺企業人事管理	松下幸之助著	100元
㊻華僑經商致富術	廖松濤編譯	130元
㊼豐田式銷售技巧	廖松濤編譯	120元
㊽如何掌握銷售技巧	王昭國編著	130元
㊾一分鐘推銷員	廖松濤譯	90元
㊿洞燭機先的經營	鐘文訓編譯	150元
51ＩＢＭ成功商法	巴克・羅傑斯著	130元
52新世紀的服務業	鐘文訓編譯	100元
53成功的領導者	廖松濤編譯	120元
54女推銷員成功術	李玉瓊編譯	130元
55ＩＢＭ人才培育術	鐘文訓編譯	100元
56企業人自我突破法	黃琪輝編著	150元
57超級經理人	羅拔・海勒著	100元
58財富開發術	蔡弘文編著	130元
59成功的店舖設計	鐘文訓編著	150元
60靈巧者成功術	鐘文訓編譯	150元
61企管回春法	蔡弘文編著	130元
62小企業經營指南	鐘文訓編譯	100元
63商場致勝名言	鐘文訓編譯	150元
64迎接商業新時代	廖松濤編譯	100元
65透視日本企業管理	廖松濤　譯	100元
66新手股票投資入門	何朝乾　編	150元
67上揚股與下跌股	何朝乾編譯	150元

國立中央圖書館出版品預行編目資料

偵探常識解謎／小毛驢編譯　--初版　--臺北
市：大展，民82
面；　公分　--（青春天地；32）
ISBN 957-557-404-4（平裝）

861.6　82007998

偵探常識解謎

ISBN 957-557-404-4

編譯者／小毛驢
發行人／蔡森明
出版者／大展出版社有限公司
社　址／台北市北投區（石牌）
致遠一路二段12巷1號
電　話／（02）8236031・8236033
傳　眞／（02）8272069
郵政劃撥／0166955－1
登記證／局版臺業字第2171號

法律顧問／劉鈞男律師
承印者／高星企業有限公司
電　話／（02）3012514
排版者／千賓電腦打字有限公司
電　話／（02）8836052

初　版／1993年（民82年）11月

定　價／130元

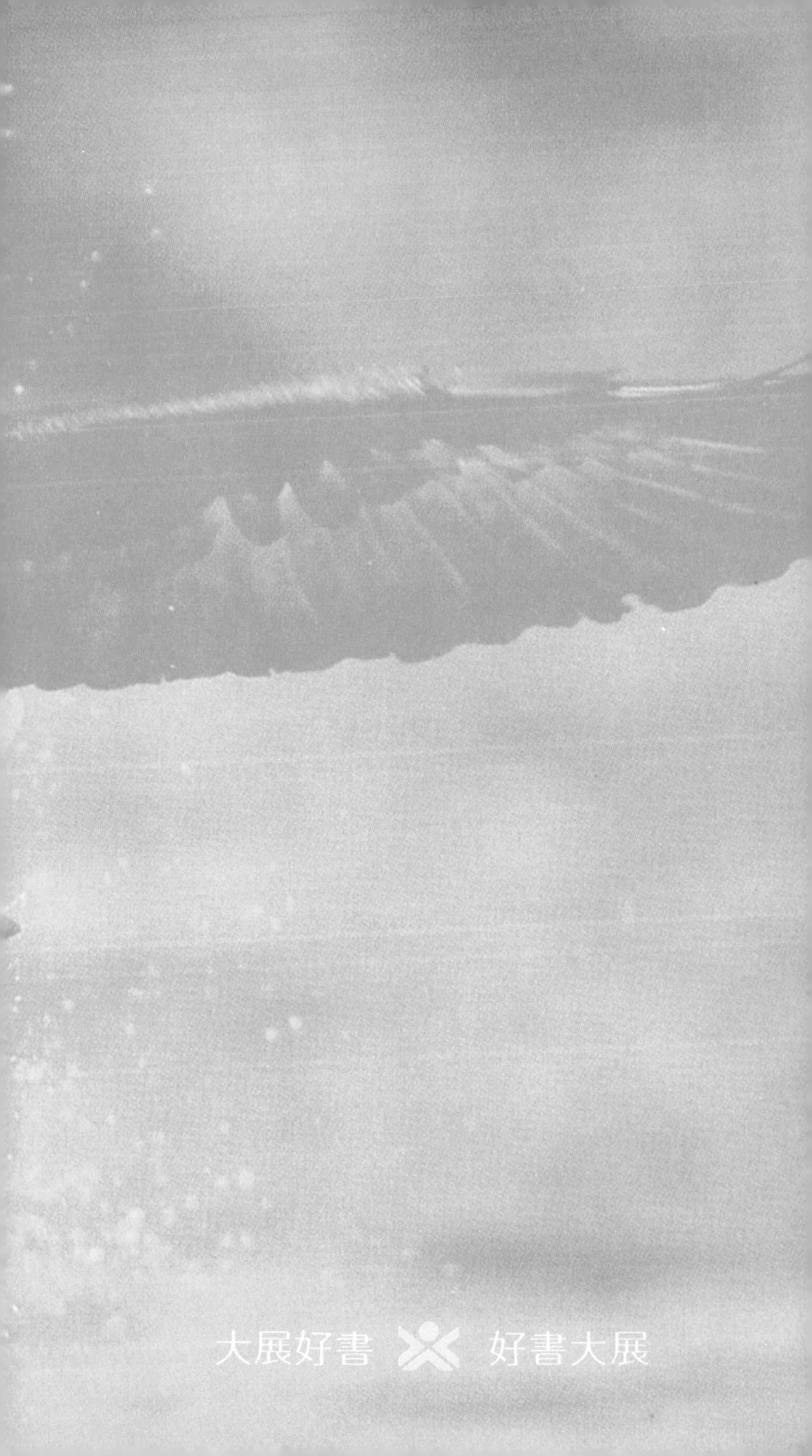
大展好書 好書大展

大展好書 好書大展